Von Trümmern und Träumen
7 Erzählungen

Kerstin Herzog (Hg.)

Von Trümmern und Träumen

7 Erzählungen

*Bibliografische Information der Deutschen Nationalbibliothek:
Die Deutsche Nationalbibliothek verzeichnet diese Publikation in
der Deutschen Nationalbibliografie; detaillierte bibliografische Daten
sind im Internet über http://dnb.dnb.de abrufbar.*

© 2016 Kerstin Herzog

*Lektorat: Katharina Maier, www.skriptorium-online.de
Gestaltung, Satz: Katharina Maier
Cover: Lisa Schwenk*

Herstellung und Verlag: BoD – Books on Demand, Norderstedt

ISBN: 978-3-7431-2869-9

Notiz für unsere Leser

In der allerhöchsten Zeitnot – so kurz vor Weihnachten schlägt auch noch der Druckteufel zu.
Welche technischen Fehleinstellungen dafür verantwortlich waren können wir nicht wissen, darum geht es auch nicht.
Wir müssen nur akzeptieren, dass in unserer ersten Auflage immer wieder Seiten mit einem teilweise schwachen Druckbild erscheinen. Das ist nicht schön, denn wir hätten es gerne perfekt gehabt.
Doch wir hoffen, dass unsere geneigten Leser großzügig darüber hinwegsehen und sich davon ungehindert ihrem Lesevergnügen hingeben möchten.

So wünschen wir zu den Festtagen und darüberhinaus stimmungsvolle Lesefreuden.

Die Autoren

Inhalt

Zur Einstimmung
von Ingrid Hopp 7

Nur eine Nacht
von Ingrid Hopp 9

Flüchtig
von Gisela Janocha-Huber 21

Wendekreise und Windrose
von Silvia Falk 59

Chronik einer Auslöschung
von Kerstin Herzog 87

Aus lauter Liebe
von Rike Hauser 115

Troika mit Karamasow
von Pia Weißenborn 151

Im Hinterhof
von Andreas Kölker 173

Über die Autoren 215

Nachwort
von Katharina Maier 221

Zur Einstimmung

von Ingrid Hopp

*Rot
das Sofa
aus unseren Kindheitstagen.
Ein kuscheliges Stück Heimat.
Erinnerungen.*

Wer braucht schon ein rotes Sofa?
Besaßen die Brüder Karamasow eines oder der legendäre Pianist, der zum Mordopfer wurde? Oder stand eines im Flüchtlingsheim? Sicher fand man es nicht auf fernen, menschenleeren Kontinenten.
    Aber irgendwo geisterte es herum, das rote Sofa. Vielleicht in den Träumen aus fernen Kinder- und Jugendtagen. Und auf Reisen verwandelte sich das Sofa auch gerne in ein rot gepolstertes Zugabteil, in dem überraschende Begegnungen stattfanden …

Sieben Autoren – sieben Geschichten von Trümmern und Träumen.
    Sie erzählen vom Leben, vom Scheitern, von Obsessionen, von schönen und weniger schönen Erinnerungen – und manchmal kommt ein rotes Sofa darin vor …

Nur eine Nacht

von Ingrid Hopp

Luise stand hier im Stockfinstern. Aber sie hatte keine Angst im Dunkeln, und der Mief in diesen Räumen war für sie wie ein Hauch von Geborgenheit. Es musste jetzt schon Mitternacht sein. Lange Zeit hatte sie sich völlig still verhalten. Die Vorstellung war längst vorüber. Kurz nach dem Ende war sie von ihrem Platz im Parkett mit einer fast schlafwandlerischen Sicherheit die seitlichen Treppen zur Bühne hochgestiegen, als wäre es die größte Selbstverständlichkeit. Sie war zwischen die schweren, dunklen Vorhänge geschlüpft und hatte sich versteckt. Niemand hatte sie bemerkt.

Jetzt schlich sie sich vorsichtig aus den wallenden Stoffbahnen hervor und allmählich erkannte sie im spärlichen Licht die Umrisse des Flügels auf der anderen Seite. Langsam bewegte sie sich durch das unwirkliche Halbdunkel auf das rote, samtene Sofa in der Mitte der Bühne zu, das eine magische Anziehungskraft auf sie ausübte. Das Sofa und der Flügel – es waren die wichtigsten Requisiten für die heutige Gala gewesen, in der sich die „Neuen" des Theaters in kurzen Szenen, Tänzen oder Liedern vorgestellt hatten. Jetzt, da das Sofa nicht mehr leuchtend rot wirkte, sondern im spärlichen Licht einen eher bräunlichen Farbton angenommen hatte, erschien es Luise noch anheimelnder, und mit einem unbeschreiblich wonnigen Gefühl kuschelte sie sich schließlich in die weichen Polster. Der Spruch von ihrem heutigen Kalenderblatt kam ihr in den Sinn, der von einem gewissen Henry Thoreau stammte, von dem sie noch nie gehört hatte. Aber der Spruch gefiel ihr: „Die Zeit ist nur der Fluss, in dem ich angle."

„Merkwürdig", dachte sie, „wieviel Zeit schon verflossen ist seit damals, als ich das kleine Mädchen mit den hochgebundenen Rattenschwänzchen war." So viel Zeit war vergangen, dass selbst ihre beiden Töchter keine kleinen Mädchen mehr waren und sie inzwischen schon Großmutter war. Und doch erschien ihr das Damals, an das sie sich nun erinnert fühlte, so nah, als wäre es erst gestern gewesen.

Ungefähr sieben Jahre alt musste sie gewesen sein. Sie hatte eine Zahnlücke in den Vorderzähnen, aber das störte sie nur selten. Höchstens, wenn sie vor dem Spiegel lachen musste, aber das vergaß sie auch sofort wieder, denn es gab viel wichtigere Dinge. Zum Beispiel „Peterchens Mondfahrt". Das hatte sie bei Nachbarn im Fernsehen anschauen dürfen. Es war noch schwarzweiß, und ihre Familie hatte überhaupt kein Fernsehgerät. Danach wollte sie unbedingt Astronaut werden. Auf dem Mond würde keiner mehr zu ihr sagen: „Erst die Arbeit, dann das Spiel!"

„Arbeit – Arbeit – Arbeit", dröhnte es in ihrem Kopf. „Am Anfang steht das A", dachte sie in einem Anflug von Sarkasmus und plötzlich wusste sie, woher das Unbehagen gekommen war, als sie zum ersten Mal diesen Spruch als Motto der heutigen Theatergala gelesen hatte. Doch als sie gedankenverloren über die Armlehne des samtweichen Sofas strich, überkam sie eine Welle von Glück und Zufriedenheit. Sie schloss die Augen und plötzlich hörte sie, wie aus weiter Ferne die ersten Takte des Walzers „An der schönen blauen Donau" erklangen … Sie war wieder das kleine Mädchen, das zuerst ganz brav auf dem braunen Samtsofa der Nachbarin saß und das etwas später aufstand und wie entfesselt zu den Walzerklängen tanzte. Und das A hieß nun Amalia Angerer, saß am Klavier, und die Welt war wundervoll …

Für Luise war es ein Geschenk zu einer Zeit, als noch immer viele Häuser der Stadt in Trümmern lagen, obwohl seit dem Kriegsende schon mehr als ein Jahrzehnt verstrichen war. Immer, wenn sie mit ihren Hausaufgaben fertig war und die Mutter es erlaubte, war sie die Treppen zur Wohnung unterhalb hinabgestiegen und hatte an der Tür geläutet. Sie war zu Amalia in die Wohnung gehuscht, hatte ein leises „Grüß Gott" gehaucht, sich ganz still hingesetzt und zugehört, denn Amalia musste viel üben für ihre Auftritte im Theater und anderswo. Wenn sie fertig war mit ihrem Programm, spielte sie oft einen Walzer für Luise und beide lachten gelegentlich vor lauter Freude ganz laut in die Musik hinein …

Irgendwann an einem grauen Winternachmittag, als es schon ganz früh zu dämmern begonnen und Luise vergeblich nach dem Mond Ausschau gehalten hatte, da hatte Amalia eine Kerze angezündet und die „Mondschein-Sonate" für sie gespielt. Still und friedlich hatte sich die Abendstimmung wie ein schützender Mantel über die beiden gelegt. Auf einmal hatte Luise wieder den Geruch von Apfelschalentee in der Nase, den sie damals zusammen getrunken hatten.

*

Vor der Wohnungstür im ersten Stock steht sie im nachtdunklen Hausgang. Sie hört, wie die Haustür aufgeht, und gleich darauf wird es hell, weil jemand den Lichtschalter gedrückt hat. Die Schritte von unten sind ihr vertraut. Es ist ihr Großvater, der nach Hause kommt. Auf dem Treppenabsatz oberhalb taucht plötzlich ihre Mutter auf. „Was fällt dir ein, so spät nach Hause zu kommen! Ich warte schon ewig auf dich!"

Luise zuckt zusammen, aber sie hat keine Ahnung, ob die Mutter sie oder den Großvater meint, der inzwischen neben ihr steht. „Musst du das Kind so erschrecken?" Die sanfte, dunkle Männerstimme tönt durch den Hausgang. „Außerdem solltest du sie später studieren lassen, wo sie doch so gescheit ist." Luise gibt dem Großvater die Hand und steigt mit ihm die Treppen hinauf. Als sie die Dachwohnung betreten, stehen zwei große Koffer und einige vollgestopfte Kartons im Vorraum.

Die Mutter steht am Herd und rührt im großen Suppentopf. „Morgen ziehen wir um", sagt sie. „Hier ist nicht genug Platz für uns alle." Luises kleiner Bruder sitzt auf dem Boden und wirft mit lautem Krachen den Turm aus Holzbausteinen um. Sie setzt sich zu ihm und versucht, den Turm wieder aufzubauen. Aber da kommt die Mutter mit einer großen Schachtel und räumt die Bausteine hinein. Sie zieht dem Bruder einen Mantel an und sagt zu Luise: „Komm jetzt!"

Unten im Hof steht das dunkelrote Auto ihres Onkels. Er lädt Koffer und Schachteln in seinen Kofferraum. Luise steht in ihrem dunkelroten Wintermantel daneben und ist völlig sprachlos. Eine Kutsche aus Eis fährt zum Hoftor herein, kommt auf sie zu und bleibt direkt vor ihr stehen. Der Nikolaus steigt aus und hebt Luise in die Kutsche hinein. Es sitzt schon ein Mann mit einem zerzausten Bart darin. Er hat einen großen Sack bei sich, aus dem ein Bein herausguckt, das in einem geringelten Strumpf und einem roten Lackschuh steckt. Der Mann hat eine Rute in der Hand und schaut grimmig drein. Ein beklemmendes Gefühl steigt in Luise hoch. Da setzt sich der Nikolaus neben sie und nimmt seinen Bart und seine Mütze ab. Erst jetzt erkennt sie, dass es der Großvater ist. Der bärtige Kerl ist auf einmal verschwunden. Die schneeweißen Rosse stampfen mit den Hufen und als der Großvater „Hü" ruft, galoppieren sie los. Es geht hoch durch die Luft über die ganze Stadt hinweg, an den Wolken und den Sternen vorbei. Als die luftige Fahrt zu Ende ist, bleibt die Kutsche vor einem rosarot gestrichenen Häuserblock stehen. Ihre Mutter ruft aus einem der Fenster: „Luise, wo bleibst du denn so lange? Komm schon."

Luise steigt aus und steht schon auf der Stufe zur Haustür, da dreht sie sich noch einmal um und will der Kutsche nachwinken. Aber die ist wohl geschmolzen und stattdessen steht ein weißer VW-Kombi mit einer goldenen Ährenkrone in einer großen Pfütze in der Hofeinfahrt. Sie werden einen Familienausflug mit ihrem Vater machen. Die Tür zum Laderaum ist offen und eine Matratze liegt auf dem Boden. Ihr Onkel sitzt darauf und singt zu seiner Gitarre. Sie klettert hinein und ihre Mutter setzt den Bruder neben sie und steigt selber vorne beim Vater ein. Sie singen ein paar Lieder und ihr Onkel spielt dazu. Aber plötzlich hat Luise das Gefühl, auf einem schwankenden Schiff zu sitzen. Die hintere Tür öffnet sich und sie sieht, dass die Pfütze von vorhin zu einem riesigen, dunkelbraunen See angewachsen ist. Das Wasser schwappt in den Laderaum und reißt sie mit. Wie wild fuchtelt sie mit den Armen herum und will um Hilfe schreien, aber da kommt ihr Vater auf einem Floss angefahren und zieht sie aus dem Wasser. Ihr tropfnasses Sommerkleid hängt an ihr herunter, und als sie das Ufer erreichen, sitzt ihre Mutter da und sagt: „Luise, was hast du denn schon wieder gemacht! Komm, wir bringen dich zurück."

Auf einmal stehen sie vor einem großen Haus mit einer riesigen Treppe und einem großen Eingangsportal. Eine Klosterfrau empfängt sie und nimmt sie an der Hand. „Komm mit mir", sagt sie zu Luise. Sie steigen zusammen die Treppe hinauf, bis sie in einem großen Saal ankommen, in dem viele Liegen stehen, auf denen Kinder einen Mittagsschlaf halten. Als Luise zu den großen Fenstern hinausschaut, entdeckt sie in der Ferne auf den Bergen im Sonnenschein ein Märchenschloss mit vielen Türmchen. Blütenblätter taumeln durch den Sommerwind, die auf einmal zu Schneeflocken werden. Groß und dicht fallen sie vom Himmel und lassen das Schloss in der Flockenpracht verschwinden. Da fällt Luise ein, dass ihr Vater sie abholen wollte. Sie rennt aus dem Liegesaal, die Treppen hinunter und aus dem Haus hinaus. Hohe Schneewehen haben sich neben dem Tor aufgetürmt, die Landschaft ist versunken unter einer weißen Decke und keine Straße ist mehr zu sehen. Aber sie ist ganz sicher, dass ihr Vater gleich da sein wird. Sie wird ihm entgegengehen. Drüben beim Nebengebäude sieht sie einen Schlitten. Sie stapft hinüber und setzt sich darauf. Sofort geht es bergab, und nach jedem Hügel, über den sie fährt, fliegt sie ein Stück weit durch die Luft und landet ganz weich wieder im flaumigen Weiß. Bald sieht sie den Bahnhof auftauchen und da kommt auch schon ihr Vater auf sie zu. „Wenn der Zug kommt, fahren wir nach Hause! Morgen ist Weihnachten", sagt er zu ihr. Neben ihrem Vater sitzt sie im Abteil und versucht, in der nächtlichen, tief verschneiten Landschaft etwas zu erkennen. Dicke Schneeflocken fliegen unaufhörlich vor den Fenstern vorüber und auch Zimtsterne und Weihnachtskugeln. Oft müssen sie umsteigen. Einmal sitzen sie in einer Bahnhofswirtschaft mit vielen anderen durchgefrorenen, übernächtigen Reisenden. Der Vater kauft Kartoffelsuppe mit Würstchen und Luise ist froh, dass es ihr beim Essen wieder wärmer wird. Aber schon stehen sie wieder auf einem windigen Bahnsteig und hören schnaubend den nächsten Zug einfahren. Die Fahrt durch die winterliche Nacht kommt ihr endlos vor. Doch auf einmal hält der Zug und Luise steigt aus.

Sie findet sich in einer Art Park wieder. An herbstlichen Büschen und Bäumen vorbei läuft sie auf eine kleine Halle zu. Als sie hineingeht, liegt hinter einem großen Glasfenster ihre Großmutter, ganz ruhig und friedlich. Sie hört die Stimme ihrer Mutter sagen: „Oma schläft jetzt, sie schläft für immer." Als Luise aus der Halle hinaustritt, scheint die Sonne. Sie geht an einer Reihe von Gräbern entlang. Vor einem grünen Grabstein bleibt sie stehen. Der Vater liegt dort begraben. Ihr Bruder steht neben ihr und hat die kleine Schwester an der Hand. Unvermittelt hört sie ihre Mutter rufen: „Luise, komm jetzt." Aber Luise rennt einfach los. Ein Berg taucht vor ihr auf. Da will sie hinauf. Über eine Geröllhalde kämpft sie sich nach oben, immer höher und höher. Endlich hat sie es geschafft! Sie ist oben. Sie sieht nicht zurück, sondern genießt den Ausblick auf ein wunderschönes Tal. Ein großer Fluss schlängelt sich hindurch und an seinen Ufern gibt es Weinberge, die die Hügel emporklettern. Sie wandert in die kleine Stadt hinunter und am Marktplatz steigt sie in ihren roten VW-Käfer. Als sie den Wagen durch die Landschaft lenkt, betrachtet sie die Pappeln am Straßenrand, deren goldgelbe Blätter im Herbstwind tanzen und wie funkelnde Taler aus einem Märchen wirken. Immer weiter und weiter fährt sie. Sie stellt das Radio an. Da durchzuckt sie der Gedanke, dass sie in die Schule muss. Die Kinder werden schon da sein. Sie stellt ihr Auto auf dem Hof ab und hastet die Treppen hinauf. Völlig außer Atem kommt sie im Klassenzimmer an und Anja sagt zu ihr: „Fräulein, warum rennst du denn so?"

„Keine Ahnung", antwortet Luise und legt einen Stapel Schulhefte aufs Pult. Die Kinder packen gerade ihre Sachen aus, als die Tür aufgeht. Der Schulrat kommt herein. Luise fällt ein, dass sie nichts für den Unterricht vorbereitet hat, sie hat nicht einmal eine Tasche dabei. Sie muss hier weg. Sie wendet sich zum Fenster und klettert hinaus. Wie auf unsichtbaren Stufen steigt sie in der Luft hinunter auf den Schulhof und fährt mit ihrem Auto weg, immer weiter, bis ans Meer ... Aus der Ferne hört sie die Stimme ihres Mannes: „Luise, komm nach Hause, ich warte auf dich ..."

*

„Aber ich bin doch zu Hause!", murmelte Luise im Halbschlaf. Sie wollte sich gerade noch einmal umdrehen, da wäre sie beinahe von der Couch gefallen, die ihr vor einigen Stunden noch so angenehm erschien. Jetzt aber fröstelte sie. Irritiert sah sie sich um. Wo war sie eigentlich?

Im schummrigen Licht der Notbeleuchtung erkannte sie wieder den Flügel. Ganz allmählich kehrte die Erinnerung an den gestrigen Abend zurück. Sie musste wohl auf dem Sofa eingeschlafen sein. Ihr war kalt und sie wollte heim. Wie spät war es überhaupt? Ihre Handtasche musste irgendwo sein. Als sie sie gefunden hatte, kramte sie nach ihrem Handy, denn auf ihrer Armbanduhr konnte sie beim besten Willen nichts erkennen. Es war 05:15 Uhr. Jetzt fiel ihr ein, dass ihr Mantel noch in der Garderobe hängen musste. Ob sie um diese Zeit überhaupt hier herauskam? Na ja, versuchen konnte sie es immerhin. Wie zum Abschied streichelte sie noch einmal über den Samt, packte ihre Tasche und ging langsam auf die Treppe zu, die ins Parkett hinunterführte. Wie war sie nur auf die Idee gekommen, einfach hier im Theater zu bleiben? Sie schüttelte den Kopf und lächelte. Das sah ihr ähnlich! Konnte auch nur passieren, weil ihr Mann nicht dabei war.

Langsam tastete sie sich vorwärts. Die Türe, die aus dem Zuschauerraum hinausführte, war glücklicherweise nicht verschlossen. Noch bevor sie in der Garderobe nach ihrem Mantel suchte, huschte sie in die Toilette. Sie betrachtete sich im Spiegel des Waschraums, versuchte, ihre völlig ruinierte Frisur wieder halbwegs in Ordnung zu bringen und mit dem Lippenstift etwas Farbe und Lebendigkeit in ihr Gesicht zu zaubern. Sie fühlte sich schon ein wenig wacher, als sie ihren Mantel vom Garderobenhaken holte und überzog. Jetzt fiel ihr auch wieder ein, dass es hier irgendwo eine Art Notausgang gab, durch den man aus dem Theater gelangen konnte. Vor Jahren hatte sie einmal bei der Statisterie mitgewirkt, und wenn es länger dauerte und der Pförtner nicht mehr da war, dann hatten sie das Theater durch diesen Ausgang verlassen. Ihr Weg führte sie hinunter in die Theaterkantine und durch einen langen Gang vorbei an Küche und Abstellräumen endlich zum ersehnten Ausgang. Unwillkürlich fielen ihr die Worte „Sesam, öffne dich!" ein, als die Türe hinter ihr ins Schloss fiel und sie im frischen klaren Herbstmorgen im Freien stand. Die Stadt war um diese Zeit fast vollkommen ruhig – Sonntagmorgen vor sechs.

Sie hatte Lust, ein paar Schritte zu gehen und die morgendliche Ruhe zu genießen, um erst wieder einmal zu sich zu kommen. Was hatte sie bloß alles zusammengeträumt in dieser Nacht! Wie merkwürdig, dass einen Erlebnisse so lange begleiteten, auch wenn man gar nicht mehr wirklich daran gedacht hat. Die Geschichte mit dem unfreiwilligen Bad in einem Moorsee irgendwo in den Bergen, wo zwischen dem Schilf unzählige blaue Libellen im Sonnenlicht tanzten. Sie war ins Wasser gefallen, als sie im Sommerkleidchen mit ihrem Vater einmal kurz auf einem Floß gefahren war. Das war an einem Sonntag passiert, als ihre Eltern sie im Sanatorium besucht und einen kleinen Ausflug mit ihr gemacht hatten. Damals durfte sie nicht in die Sonne gehen und hatte ein striktes Sportverbot. Sie war ein kleines Mädchen von zehn oder elf Jahren zu dieser Zeit. Später hatte sie studiert, war Lehrerin geworden. Dass sie wieder einmal von einem Schulratsbesuch geträumt hatte, obwohl sie schon seit mehr als drei Jahrzehnten nicht mehr im Schuldienst und vor zwanzig Jahren freiwillig aus dem Beamtenverhältnis ausgeschieden war, fand sie irgendwie absurd. Woher kam der Druck, unter dem sie anscheinend immer noch stand? Alles erschien ihr rätselhaft, wie schon so oft, und Nachdenken war nicht immer hilfreich. Und so hörte sie auf das Zwitschern der Vögel, genoss das Heraufziehen eines neuen Tages und freute sich auf die Tasse Kaffee, die sie zu Hause trinken würde. Wenig später bestieg sie ein Taxi, weil sie keine Lust hatte, in der Morgenkühle noch weiter zu wandern oder auf die erste Straßenbahn zu warten. Die Wärme im Fahrzeug war angenehm und auch die mühelose Schnelligkeit, mit der sie ihrem Ziel näherkam. Taxi am Sonntagmorgen: freie Straßen und viele abgeschaltete Ampeln. Und daheim ein warmes Bett, in dem sie sich erst einmal richtig ausschlafen konnte. Ihr Mann kam erst gegen Abend von seiner Reise zurück. Er würde bestimmt fragen, wie es im Theater war. Was sollte sie ihm bloß erzählen?

Flüchtig

von Gisela Janocha-Huber

Ich muss Ihnen was erzählen. Darf ich hoffen, es interessiert Sie?

Freilich, dazu müssen Sie erst wissen, worum es geht. Es geht ums Thema der Zeit: Flucht und Vertreibung. Es stimmt schon, jeder hat alles Populäre mehrfach dazu gesagt. Trotzdem – hier geht es um mehr. Was Ihnen wichtiger ist, das Flüchtlingsheim oder das Private daran, entscheide ja nicht ich.

Da ist das Ehepaar Irina und Eduard Binder. Er hat ein Miethaus mit vier Parteien geerbt. Immerhin –, sagt seine Frau, Alleinerbin eines über Generationen gewachsenen Kapitals aus Grundstücksgeschäften. Sie lehrt „schöne Gesundheit", ist engagiert und überzeugt, nicht Wirtschaftlichkeit bestimme ihre Arbeit, sondern der Spaß daran.

Eduards Erbe ist ein Kostenfaktor. Zwar hat auch die Immobilie seiner Eltern schon Generationen zuvor gesehen, immer wieder verbesserten und erweiterten sie ihr Heim. Was lief nur falsch bei ihnen – Irinas stumme Frage steht im Raum wie ein Ball, den man nicht fängt. Eduard sinnt nicht länger nach Antworten, Taten werden den Ausgleich schaffen. Nur, Eduard ist kein Handwerker, er ist Sozialpädagoge und Leiter des Flüchtlingsheims um die Ecke, und wenn es sein muss, auch nachts zur Stelle. Gerade in einer Nacht voller Ereignisse rüttelt etwas an seinem Bewusstsein. Wie es dazu kam, das will ich erzählen.

1

In Heimstetten, gut achtzig Kilometer südöstlich von seinem heutigen Zuhause, liegt Eduards Erbe. Oft kommt er her, sieht nach dem Rechten und hat zu tun, das Haus wird nicht jünger. Steuerlich pauschal begünstigt sind gerade mal sechs Nachschau-Fahrten im Jahr. Zum Winter muss die Wasserleitung im Garten vor Frost geschützt werden, Zählerstände wie Unordnung sind besser fotografiert als beschrieben, obwohl Eduard immer mal wieder zweifelt an der Beweiskraft seiner Fotos vor Gericht, sollte es je zu einem Ernstfall kommen.

Das Haus mit seinem Buschwerk, die Umfriedung des Anwesens, trotz Arbeit und Kosten, für Eduard lebt es, das Vermächtnis seiner Eltern. Kein Haus in der Umgebung hat großzügige Balkone wie dieses und keines in der Straße drei Etagen, alles niedere Häuschen. Mit Stolz beschaut er den zartbeigen Verputz, die neuen Fenster in Schokobraun – es sieht einfach gut aus, wenn auch noch Mörtelreste übermalt gehören bei den obersten Mietern. Was es alles zu erledigen gab, bis die Wohnungen neu in Schuss waren! Auch Irina half mit, kontrollierte jede Kontobewegung exakt, was anstrengend genug war für sie. Insgeheim gibt er es ja zu, bis heute ist es nicht gerade seine Stärke, jeden Euro zu überwachen, und Irinas Schule war und ist kein Spaß.

Heute geht es um den Garten, um die Bäume, und – um Kosten. Mehr Sorgfalt verdienen sie, seine Zwetschgen-, Apfel- und Birnbäume. Sein Vater konnte das, er schnitt sie selber, Eduard kennt sich nicht recht aus damit. Letzte Woche gab es auf einem Flohmarkt einschlägige Sachbücher. Nur, was nützt das, das ist zu detailliert, Fachbegriffe wie Kronenaufbauschnitt, Pflanzschnitt, Erziehungsschnitt, wen soll das nicht überfordern, wie die rechte Zeit finden, für den Rückschnitt im Herbst, keinesfalls unter minus vier Grad, wo der Herbstschnitt doch besser ist als der Sommerschnitt, schon wegen möglicher Infektion. Oft ist aber auch der Sommerschnitt besser — und ja nicht schneiden — reißen! Denn Reißwunden heilen besser. Alles anders als bei uns. Der Mensch ist gar nicht das bessere Tier, wir sind die schlechteren Pflanzen, weil ohne Erziehungsschnitt. Was nun sein Erziehungsschnitt ist oder werden sollte, weiß Eduard nicht so genau, er weiß nur, wollte er all das beherrschen, hätte es nach seinem gescheiterten Germanistikstudium noch Agrarwirtschaft plus Biologie gebraucht. Wäre er nicht Sozialpädagoge geworden, müsste er das heute sehr wahrscheinlich bedauern.

Seine Unkenntnis rät zum professionellen Schnitt, das gibt wieder mehr Obst. Wenn Irina auch keinen Wert darauf legt und die Mieter sowieso nicht ernten, oft hebt er selbst faulige Äpfel auf. Einzig seine Flüchtlinge im Heim freuen sich, kocht Schwester Jacoba mit ihnen Kompott, ein Spaß für die Kleinen aus Afghanistan und Syrien. Der Baumpfleger lohnt sich, Irina kann nichts dagegen haben.

Sträucherschneiden ist für Eduard kein Problem. Aus dem Holzschuppen holt er seine neue Gartenschere, ein Werbegeschenk. Da fällt ihm die kleine Mulde von damals ein, ein Igel kam heraus geschlüpft, und als kleiner Eduard fand er, das stachlige Wesen brauche dringend ein Bad. Auf ein Holzbrettchen geschoben, trug er das Tier vorsichtig zum großen Steintrog voller Wasser und versenkte den Igel. Der rollte sich zusammen, Eduard erschrak, hob schnell das Brettchen hoch, legte es ins Gras und der Igel lief davon. Ob er je nochmal zu sehen war, oder ob Eduard gar des Igels Tod verursachte – er erinnert sich nur daran, dass er seinen Eltern kein Wort davon sagte. Damals muss das Wetter wie heute gewesen sein, fast wolkenloser Himmel, windstill und warm. Er genießt den Mai und den vertrauten, alten Holzschuppen, der erneuert gehört und Geld kosten wird.

„Herr Binder!" Frau Frisch, die neue Mieterin. Jung und barfuß kommt sie in den Garten, Eduards ganze Hoffnung auf die richtige Wahl diesmal, noch ein Mietnomade wäre Irina nicht zu erklären, wenn sie auch keine Zeit hatte für einen Blick auf die Selbstauskunft von Frau Frisch, sechsundzwanzig Jahre, geschieden, Krankenschwester im örtlichen Klinikum. Ihr geht es um einen neuen Anschluss für die Waschmaschine im Keller. Die Teile hätten sie schon besorgt, Frau Frischs Bruder erledige die Installation. Ein Wasserschaden wäre fatal für Eduard, er riskiert nichts, Handwerker sind teuer, die Kosten trägt das Haus nicht. Irina hätte Recht, würde sie ihm das vorwerfen; Eduard installiert den Anschluss selbst.

2

Anna Frisch ist glücklich über Eduards Hilfe. Überhaupt, ihre neue Wohnung, der große Garten und Herr Binder. Er ist einfach toll, nicht so ein Muffliger wie ihr voriger Vermieter, der hat sie kein einziges Mal angeschaut, egal, wie lange das Gespräch gedauert hat. Wie angenehm dagegen ist Herr Binder. Frau Binder hat Anna Frisch noch nicht kennengelernt, nicht einmal beim Abschluss des Mietvertrags. Nächstens wird sie darauf achten, ob er einen Ehering trägt, und sie wird im Telefonbuch nach seinem Eintrag schauen. Vielleicht gibt es ja gar keine Frau Binder, oder nicht mehr, vielleicht ist er ebenfalls geschieden, allein wohl kaum, gepflegt wie er aussieht, das blaugrün karierte Hemd mit Silbereffekt ist top und die dunkle Hose lässig. Das passt einfach, leicht meliertes Haar, groß, nicht gerade magersüchtig, aber ohne Bauch.

Der Anschluss in der Waschküche ist installiert. Eduard sperrt die Kellertüre ab und geht die blaue Steintreppe hoch. Er ist froh über sein gutes Gefühl, dazu ist die neue Mieterin ganz hübsch und ungezwungen in ihren Shorts. Vielleicht heiratet sie bald wieder nach ihrem kurzen Ehegastspiel. Ihre Tierfiguren im Gras, die Lämpchen an den Bäumen, es sieht schon jetzt nach einer Kinderschar aus. Er selbst hofft nicht mehr darauf, zu einer Untersuchung war Irina nicht zu bewegen.

Eduard überlegt, ins Flüchtlingsheim zu fahren oder gleich nach Hause, Irina überarbeitet ihre Referate für die Veranstaltung nächste Woche, er will nicht stören. Es gibt ja immer etwas Neues, dermatologische Produkte, medizinische Erkenntnisse. Nicht zu vergessen die esoterische Schiene, ein unerschöpfliches Gebiet. Dabei müssen auch gleich die Häuser inspiziert werden, jedes Wellness-Center ist anders.

Eduard schätzt das Engagement seiner Frau und er mag es, wenn sie belebt zurückkommt nach einer Tagung, wie sie es nennt. Er glaubt an ihren Erfolg. Eine gute Figur abzugeben, ist leicht für Irina, die hat sie, und sie hat Charme, der ankommt und überzeugt, sie kann auch einmal nichts sagen, Zwist übergehen. Erstaunlich, wie achtbar sie sich Fremden, Kunden gegenüber, zeigt.

Eduard geht die Einfahrt entlang zum Tor. Frau Frisch winkt und ruft aus dem Küchenfenster, Eduard erschrickt über ihren unerwartet vertraulichen Dank.

3

Eduard besorgt einen kleinen Strauß – Vergissmeinnicht mit Schleierkraut – und fährt heim. Das Haus liegt in einer verkehrsberuhigten Zone, zurückversetzt, von Weitem ist nur eine Mini-Allee exotischer Sträucher zu sehen. Neulich witzelte ein Gast „eine Einfahrt wie ein Minister", eine Ministerin, dachte Eduard. Ohnehin ist das Haus einige Nummern zu groß. Wer braucht einen begehbaren Kleiderschrank, wozu muss die Heizung versenkt sein, wenn gewonnener Platz gar nicht genutzt werden kann. Eduard gefällt der knallrote und halbrunde Lacktisch direkt an der Dielenwand, nein, keine Diele, eine Halle ist das, etwas für Empfänge, und von Zeit zu Zeit gibt es sie. Irina feiert gerne.

Eduard steckt die Schlüssel ins Etui und legt es auf den Lacktisch. Irina telefoniert. Im Abstellraum sucht Eduard nach einer Vase, er schaut auf die Rosenthal-Sammlung und überlegt, welche Irina aussuchen würde. Er wickelt das Sträußchen aus, entsorgt das Papier, füllt Wasser in die kleinste Vase, stellt sie auf das Tischchen neben der Couch. Er geht in die Küche, schaut in den leeren Kühlschrank und setzt Teewasser auf. Irina telefoniert. Eduard ist hungrig und geht einkaufen, zwei

Döner und zwei Flaschen Weißbier. Und seine Lieblingsschokolade, schwarz mit Chili.

4

Nach seinem Einkauf fährt Eduard eine kleine Schleife, vorbei am Flüchtlingsheim, ein restauriertes Fabrikgebäude mit fünf Stockwerken. Er weiß, seine Auszeichnung „bestgeführtes Flüchtlingsheim im Bezirk" verpflichtet, und er hofft, die Dinge werden ihm nicht entgleiten. Wieder ist das leidige Thema Abfall ein Problem, die Tageszeitung brachte einen Artikel samt Foto über sein Heim. Die Leute gewöhnen sich nicht daran, Müll wegzuräumen, Hausmeister und Praktikanten sind eindeutig angehalten, die Container im Auge zu behalten, Verstöße gegen klare Anweisungen sind der Leitung unverzüglich zu melden.
Dabei gab es zunächst keine großen Probleme, mal Rangeleien, keine Tätlichkeiten. Beneidenswert, die Flüchtlinge und ihr Glaube, ihre Ahnungslosigkeit von den Kämpfen im Sozialausschuss, geht es nur um das Sozialticket für Bus und Straßenbahn. Eduard fährt achtsam vorbei am Heim. Momentan scheint alles in Ordnung, nur ein Kinderroller liegt im Gras. Einige der Fenster sind geöffnet, etwas scheint neu in der obersten Etage, ein weißer Vorhang, gedreht zu einem Dreieck.

5

Irina sitzt am Schreibtisch und blättert im dicken Esoterikbuch, das Handy zwischen Ohr und Schulter. „Klar werde ich auch was Esoterisches erzählen. – Wenn du wüsstest, wie's bei mir zugeht heute – doch, ich hab' schon was gefunden."

„Aber bitte nicht zu platt, das können wir uns nicht leisten."

„Nur fundiert", lacht Irina und beginnt mit ihren Slogans. „Der hier ist gar nicht so übel: *Wenn du nicht dein Unterbewusstsein beherrschst, wird es ein anderer tun.* Wie finden Sie das, Herr Doktor?"

„Nicht schlecht. Aber zu anspruchsvoll."

„Oder das: *Meine Tage sind von Freude und sinnvollen Aktivitäten erfüllt. Ich entdecke meine Lebensaufgabe durch den Blick nach innen, nicht nach außen.* – Nun?"

„Passt. Passt perfekt."

„Eins hätte ich noch, vielleicht so zum Abschluss des Tages: *Geld ist etwas Wunderbares. Ich verwende es weise zum Wohle meiner selbst.*"

„Darauf muss ich jetzt aber nichts sagen."

„Und wenn wir zuvor die Harvard-Forscher bringen? Bis die Parallele Computer und Gehirn erforscht ist, das hat sehr wohl mit Geld zu tun, das kostet, bis –"

„Na, ich weiß nicht …"

„Hör doch, um Informationen abzuspeichern, muss auch im Gehirn erst mal ein Speicherplatz gefunden sein, und dafür muss der Mensch sechs Stunden wach sein, sonst ist das weg. Gelöscht, verstehst du, gelöscht ist es aber auch, überfrachtet man das Gehirn gleich wieder neu mit Informationen. Ich wette, wenn wir Vergesslichkeit erklären, das gibt eine Punktlandung."

„Ich wette ja gar nicht dagegen, wenn du meine Produkte genauso anpreist."

„Nicht nur deine Produkte sind mir wichtig!"

„Freut mich. Aber das mit dem Geld, das lässt du besser. – Wie ist eigentlich der Altersschnitt?"

„Weiß ich nicht, mindestens sechzig." Irina steht auf und sucht im Regal nach weiterer Lektüre. Dabei sieht sie in der Einfahrt Eduards Auto.

„Gut", sagt sie, „bis dann, an der großen Säule – ich freu mich schon."

„Bis morgen. Ich freu mich."

6

In Bio war sie in der Schule nicht gerade top, zu viel Stoff, aber das mit dem neuronalen Netz, Baumkronen, die dem menschlichen Gehirn ähneln oder umgekehrt, ist ihr wieder eingefallen. Interessant. Die Hausarbeit von damals könnte noch im Keller sein.

Eduard fährt das Auto in die kleinere Garage von beiden. Auf dem Beifahrersitz liegt noch die zweite Hälfte seiner Chilischokolade. Eduard bricht Rippchen für Rippchen ab und lässt eins nach dem andern im Mund zergehen, bis zum letzten wird er im Auto sitzen bleiben, sieht ihn Irina naschen, schimpft sie über sein Bauchfett, ein Eldorado für Bakterien. Täglich kann er das hören. Eine Tür geht, Irina kommt die Treppe herunter. Das Papier – er legt es schnell ins Handschuhfach und den Rest, die Vierergruppe, steckt er in den Mund.

Irina ist gespannt, was sie damals geschrieben hat; egal, wie lange das her ist, ein Gehirn ändert sich nicht innerhalb von zwanzig Jahren. Sie könnte Eduard fragen, bei ihm ist es nicht ganz so lange her, aber er wird wieder keine richtige Antwort geben. Sie öffnet die Tür zum Garagendurchgang, Eduard sitzt bei offenem Fenster im Auto.

„Was machst du denn da?"

„Nichts –"

Irina kommt näher: „Hast du was an der Backe?"

Er schüttelt den Kopf. Irina schaut ungläubig. „Wo warst du eigentlich so lang?"

Eduard kaut wortlos. Noch heute muss sie eine neue Föhnlotion ausprobieren, eine-speziell für Männer. Eduard nickt, seine Haare sind sowieso dran. Schon im Gehen sagt Irina: „Übrigens, dein Heim hat angerufen", und überlegt, wo noch Schulhefte sein könnten, tastet einige Regale mit den Augen ab und bläst den Staub vom richtigen Karton, sie findet das Heft und schlägt es auf:

Vorbild: Menschliches Gehirn
Neuronale Netze beziehen sich auf das Neuronennetz des menschlichen Gehirns. Dieses dient als Analogie und Inspiration für in Computern simulierte künstliche neuronale Netze. Die Arbeiten mit und zu neuronalen Netzen haben in den 80er-Jahren stark zugenommen. Es existieren inzwischen zahlreiche wissenschaftliche ...

Verblüfft lässt sie das Heft sinken – das hat sie geschrieben? – Nicht wirklich, zusammengetragen, wie andere auch. Wann kann man schon brauchen, was man gelernt hat. Sie klappt das Heft zu – ihre Handschrift: Irina Brand.

7

In der Schule hat man sie bewundert für ihren Namen. IRINA. Dass das Russisch ist und die Friedliche heißt, wussten die andern nicht. Und Axel? Sie muss lachen, etwas bitter lachen, Axel wäre wohl der Letzte gewesen, der so etwas gewusst hätte. Und Eduard, ob er das weiß? Gut möglich, bei seinen vielen Reisen, auch nach Russland, eins seiner Lieblingsländer, bestimmt hat er da auch eine gehabt, eine Irina, die ihm das sogar erklärt hat. Aber das sagt er nicht, niemals, aus übermenschlichem Taktgefühl, erstens nicht und zweitens nicht. Das ist ungesund, sagt Irina. Es gibt Tage, da wünscht sie sich einen Eduard, der unmissverständlich reagiert wie sie, offen, manchmal auch ungehalten wie sie. Das wäre Gleichstand, so aber fühlt sie sich bei jedem Konflikt beschämt durch seinen Langmut, nein, eher ist es eine Art Arroganz, feinster Arroganz, die sich mit Begriffen nicht erklären lässt, seine schlichten zwei Worte: „Irina – bitte."

Wie anders kannte sie die Männerwelt, Axel war damals ihre ganze Welt, der kam und ging wie es ihm passte, mal aufbrausend etwas hingeworfen, mal mimosenhaft geflüchtet, einer Primadonna gleich, nur nicht so professionell. Einzig in Sport war er gut, keiner der Jungs schaffte den Spagat, außer Axel. Allein deshalb konnte er nicht der Star bei allen Mädchen gewesen sein, er, der nicht den kleinsten Raum ließ für Befindlichkeiten anderer, auch nicht für Irina. Dabei war sie hübsch und damals hatte sie weder Yoga noch Fitness noch teure Ampullen nötig gegen die Fältchen. Wie dumm von ihr, überhaupt in den Karton zu schauen. *Ein Lamm war sie, ein biederes Schaf, es brauchte keinerlei künstliche Reize zur Wiedergutmachung einer Überreaktion. Es gab keine. Damals* standen sie alle auf sanfte Züge und sie standen auf Axel, auf seine hohe Stirn, das ernsthafte Wesen, den vollen Mund, die Sinnlichkeit. Was für ein Betrug! Axel war einer, der nur abschrieb und selber die Hand vorhielt, was auch besser war.

Irina schüttelt den Kopf, wie klar sie sich erinnert, sogar Axels Autonummer hat sie noch im Kopf. Nur eine langjährige, neurotische Scheu kriegt so was fertig, die Scheu vorm Eingeständnis eines Irrtums.

8

Irina legt das Heft zurück, schließt den Karton und geht nach oben, vorbei am Dielenschrank mit dem Büchlein darauf, schmal, goldfarben, auf dem Cover ein Champagnerglas. Eduard hat es bereitgelegt für Irinas geplanten „Champagner-Abend". Einen Moment stockt sie, einen Moment ist sie ergriffen von solchem Wohlwollen, nie zuvor war ihr jemand zugeneigt wie Eduard. Bei den Eltern ging es um Besitz, nur wer Eigentum schaffte, verdiente Respekt und Freundschaft, das galt auch für die nächsten Verwandten. Eduard ist anders. Weshalb nur ist er so wortkarg und verschlossen?

Aus der Küche riecht es stark nach Gewürzen, Eduard hat eingekauft und isst seinen Döner, ein zweiter ist für Irina, und ein Weißbier.

„Und dafür hast du den ganzen Tag gebraucht?", Irina setzt sich zu Eduard an den Küchentisch. Eduard steht vom Tisch auf, holt wortlos einen zweiten Teller mit Besteck plus Serviette, legt den Döner auf Irinas Teller.

„Du weißt, ich mag das jetzt?" Sie schaut zu, wie Eduard ein zweites Glas Bier einschenkt, wie das Gelb im Glas ansteigt, das Blubbern aufhört.

9

Irinas Bad ist großzügig angelegt, gleich zu Anfang hat Eduard spontan das mit der Dusche genommen. Er sitzt mit nassem Haar auf dem Hocker vor barock umrahmtem Spiegel, der knapp zum Boden reicht, Marmor mit lang gezogenen Rechtecken, abgestuft in Weiß und Grau. Mit der Skelettbürste in der Rechten fährt Irina durch Eduards Haar, mit der Linken nimmt sie sein Kinn zwischen Daumen und Zeigefinger und biegt Eduards Kopf zur Seite. Irina weiß: Wo er am Samstag war, wird Eduard nicht sagen.

Sie steht vor ihm, es ist ihr zu tief, er sitzt zu tief, sie beklopft seinen Rücken, er richtet sich auf. Sein linkes Knie ist im Weg, sie tippt mit ihrem rechten an seines, Eduard rückt: „So?"

„Wie immer", sagt sie und legt den Föhn ab im Waschbecken, Eduards Finger tasten kurz das Becken ab, Irina nimmt die Lotion, schüttelt, die Dose zischt und gibt einen Schaumball ab, Hühnerei groß, passend für Eduards Kopf. Seine Haare auf die Rundbürste gerollt, schaltet Irina den Föhn höher, hält ihn dicht an Bürste und Eduards Haare. Er zuckt zusammen, Irina stößt einen Seufzer aus, er hat sie erschreckt.

„Es ist zu heiß", sagt Eduard mit leichtem Vorwurf und sie sagt: „Du hältst einfach nichts aus."

Irina föhnt stumm, bis Eduard fragt: „Was ist das eigentlich, darf ich mal sehen?"

Sie gibt ihm die Dose Lotion, er liest:

Egal, ob Sie sich mehr Volumen am Ansatz wünschen oder mehr Fülle im gesamten Haar, die Volumen Collection bietet Ihnen dort lang anhaltendes Volumen, wo Sie es sich wünschen. Dafür bürge ich mit meinem Namen. Ihr Dr. Dirk Heimser.

Eduard wundert sich: „Hattet ihr nicht mal andere Produkte?"

„Die waren aber nicht so effizient wie diese." Irina reicht ihm einen Handspiegel für den Hinterkopf, Eduard findet sein Haar jetzt tatsächlich voller.

„Und – wird das was Größeres mit diesem Dr. Heimser?"

„Abwarten", sagt sie, „bisher finde ich alles gut." Sie überlegt, zu einem anderen Zeitpunkt nachzufragen, wo Eduard so lange war.

10

Irina hat zu tun. Eduard geht in sein Arbeitszimmer. Er weiß, das Heim hat angerufen, „sein Heim". Und er weiß, samstags ist die Pforte nur bis 20 Uhr besetzt, jetzt ist es nach 21 Uhr. Gewöhnlich ist der Hausmeister unterwegs im Haus, das Handy ausgeschaltet, es ist ihm einfach nicht beizubringen, genau genommen verdient er eine Abmahnung. Eduard muss nachsehen. Weil es abends noch kühl ist, nimmt er seine Jacke von der Garderobe – sein Handy – es steckt in der Innentasche. Ausgeschaltet. Er kann es nicht glauben, den ganzen Tag hat er es nicht vermisst.

Er klopft an Irinas Tür, sagt Bescheid.

„Jetzt noch? Weil sie so gut zahlen?"

Er sagt nichts.

„Übrigens fahre ich schon morgen, verabschieden wir uns doch gleich, ich geh schlafen und morgen früh muss ich zeitig los."

In der Halle verklingen Irinas Worte: „Das macht dir doch nichts aus?"

Damit die Haustür nicht zuschlägt, steckt er den Schlüssel ins Schloss, dreht halb zurück, zieht die Tür zu und den Schlüssel ab. Eduard geht zu Fuß. Kaum sind Leute unterwegs, es regnet nicht, nur ein paar Wolken verdichten den Himmel. Es quietscht, in der abgelegenen Straße des Flüchtlingsheims zuckeln leere Straßenbahnen ins Depot nebenan. Je näher Eduard dem Heim kommt, umso deutlicher ist etwas wie schwarze Flecken erkennbar, er geht schneller, die Fenster – im Erdgeschoss sind die Scheiben eingeschlagen. Warum hat man ihn nicht verständigt! Am Ende war schon die Polizei da und er, als Leiter, weiß nichts davon. Eduard eilt ins Haus, wieder der Altbaumoder, nach ein paar Stufen die Pforte, an der Front die Glasscheibe. Logow, der Hausmeister, macht Pause vor ausgebreitetem Vesperpapier und beteuert, er habe angerufen, zwei Mal, auf Handy und normal, Chef soll gleich kommen, nein, gesehen hat er niemanden, auch nicht gehört, „nein, Polizei nur mit Chef".

Eduard ruft die 110. Der Polizist sagt, das ist Alltag, am besten die Sache der Versicherung melden, viel mehr kann man nicht tun. Gut, morgen früh kommt eine Streife.

Eduard geht nach Hause, beruhigt, Irina wird ihm nicht wieder irgendwelche, unsinnige, Fragen stellen. Er ist einfach nicht daran gewöhnt, niemand sonst stellt ihm solche Fragen, überflüssige, von Smalltalk einmal abgesehen, davon ist sowieso nichts zu halten. Dabei geht es nicht ums Verbergen. Es ist auch nicht bloß das Einfordern seiner Aufmerksamkeit, was ihn stört, sondern ein Gängeln oder Provozieren seiner Gedanken. Ungewollt Antwort zu geben, ist nicht seine Art, so wenig, wie aus falschem Anstand irgendetwas zu sagen. Schweigen schürt Zweifel, eine stumme Lüge verschleiert die Wahrheit, diese Theorie greift nicht, nicht bei ihm. Was wollen Fragen ohne Absicht auf Information anderes als ihren Hinterhalt vernebeln. Die Frage an Irina, weshalb sie Logows Anruf nicht dringend gemacht hat, wäre das eine Frage mit Hinterhalt?

11

Seit 8:00 Uhr ist Eduard in seinem Geschäftszimmer. Eine Menge Arbeit liegt an, zum Start holt er sich Kaffee am Automaten. Noch ist das Heim fahl beleuchtet; Angestellte kommen, freiwillige Helfer, Frauen kaufen ein, Kinder und Jugendliche gehen zur Schule, der Lärm nimmt zu.

Eduard kommt mit Kaffee zurück. Auf der Bank vor seinem Zimmer wartet eine Frau. Sie steht auf und geht ein paar Schritte auf Eduard zu. Er ist verwundert, die Frau ist ihm fremd, vermutlich aus Syrien, wie die meisten, sie ist groß und schlank, dunkelhaarig, ohne Kopftuch, trägt einen schlichten Hosenanzug nach europäischem Muster, geschätztes Alter, Mitte Dreißig.

Im Großen und Ganzen kennt Eduard die Sitten der Araber, er wird keiner Frau zu nahe treten und einen Händedruck anbieten, umso überraschender, dass die Dame ihm die Hand entgegenhält.

„Zarah Amin", sagt sie leise, aber deutlich, seit ein paar Tagen ist sie hier, sie bittet um ein Gespräch. Eduard stellt sich ebenfalls vor, hält die Tür zu seinem Zimmer auf, lässt der Dame den Vortritt. Sie nimmt Platz auf zurechtgerücktem Stuhl, Eduard setzt sich an den Schreibtisch, ihr gegenüber. Eher gelöst wirkt ihre Haltung, eine Hand liegt locker auf dem Handgelenk der andern über gekreuzten Beinen. Nicht gerade Mocca ist ihr Teint, eher Macchiato, würde Irina wohl sagen. Auffallend ist der Kontrast des Teints zur silbernen Halskette mit arabischem Anhänger. Eduard entschuldigt sich, nicht alle Bewohner bereits zu kennen, fragt, was er tun kann für Frau Amin.

Sie stammt aus Tartous, sagt sie, das liegt im Westen Syriens, in der Mitte der Küste, hier sicher unbekannt. Eduard schüttelt den Kopf und lächelt, nicht ganz, Arabien war das Hobby seines Geschichtslehrers. Zarah Amin ist beeindruckt, sie senkt kurz den Kopf und erzählt von dieser besonderen Hafenstadt ehemaliger Kreuzfahrer. Längst lebt sie – es klopft – die Polizei – sie nehmen jetzt den Schaden von gestern auf. Uhrzeit? Zeugen? Keine. Eduard unterschreibt das Protokoll. Er bedauert die Unterbrechungen. Immer wieder klopfen Leute aufgeregt, sie sind beunruhigt wegen der eingeschlagenen Scheiben. Frau Amin möchte doch bitte weitersprechen.

Seit ein paar Tagen ist sie hier, sie fragt, wer ihr helfen kann, schnell nach Dortmund zu ihrem Bruder zu kommen. Dafür ist Eduard der Falsche – leider, erklärt er, Asylrecht bedeutet auch Residenzpflicht. Es stimmt schon, gibt er zu, diese Verordnung wird unterschiedlich gehandhabt. Dass Freizügigkeit erst bei Nachweis eines Arbeitsplatzes sowie einer Wohnung gilt, sagt er jetzt besser nicht. Als Gegenleistung für seine Hilfe bietet Zarah Amin Dolmetschen an. Eduard nickt. Ihr English ist gepflegt. Später findet er unter zweiundvierzig Neuzugängen auch ihre Personalien; ihr Zimmer liegt in der obersten Etage.

12

Irina beschließt, sofort nach Ende der Veranstaltung abzufahren. Sie hat es nicht nötig, ihre Präsentation kritisieren zu lassen, auch nicht von Dirk Heimser, und schon gar nicht in der Pause, nur, weil er sich zu wenig repräsentiert sieht. Schließlich waren ihre Beiträge exakt abgestimmt mit ihm; nicht abgestimmt dagegen, einfach dazugenommen hat er seine neue Referentin. Wie sie in den Saal einzogen, das Paar, ein Juwel an Gleichklang! Und mit „bestem Produktprogramm aller Zeiten".

Autofahren war lange nicht so anstrengend wie heute, sie sollte eine Pause machen. Der Scheibenwischer ist eine Folter; unweigerlich eine stärkere Brille angesagt, ob aufgesetzt, abgenommen, aufgesetzt, es nützt nicht viel. Wie rührend von Dirk, sein Wohlwollen gegenüber der jungen Dame, er muss sie fördern. Mit Irina hatte er sich bereits für Sonntag verabredet. Wollte er sich nur einen schönen Tag machen mit ihr, weil ihm die Junge noch nicht sicher war? Eine andere Wahl, als zu gehen, gab es nicht. Noch an der Bar vorbei zu müssen, den beiden womöglich zu ihrem Erfolg gratulieren – wie anmaßend, Dirks Frage, weshalb Irina nicht dazukomme auf einen Absacker. Eigentlich wäre es Dirk zu gönnen, wäre ihr etwas passiert auf der Heimfahrt, er hätte sich Gedanken machen müssen. Zu Hause angekommen, überlegt Irina, den Wagen heute sicherheitshalber vor der Garage zu parken.

Eduard ist nicht da. Es ist kühl im Haus. Irina leert den Briefkasten, stellt in der Halle ihr Gepäck ab und wirft ihre Jacke darüber. Eduards Post und die Zeitung legt sie auf seinen Schreibtisch. Wie immer, ein Ordner liegt aufgeschlagen da, der neue Mietvertrag, darüber in A5 die Selbstauskunft einer Anna Frisch – geb. 2. 5. 1989 – geschieden, Krankenschwester in der örtlichen Klinik. Der Wochenkalender ist noch nicht umgeschlagen, Samstag, 2.5., ein Eintrag „Heimstetten" – der 2. Mai – das war vorgestern, als Eduard verschwunden war. Sie nimmt die Zeitung und legt sie dicht neben seinen Kalendereintrag – Samstag, 2. Mai. Nein, das kann nicht sein, so brutal kann nicht einmal das Schicksal sein. Wie erschlagen geht sie in ihr Zimmer, nimmt zwei Schlaftabletten, drückt auf den Knopf, das Rollo schließt die breite Fensterfront.

13

Eduard ist abgekämpft, aber zufrieden. Soweit seine Möglichkeiten es erlauben, sind Neuzugänge und Personalien abgeglichen. Diesmal kamen vorwiegend Frauen und Kinder, fürs Erste erholen sie sich. Im Laufe der Woche sollen Regularien des Hauses und der Stadt erklärt werden, wöchentlich etwa zwei Mal eine Stunde. Schon morgen wird er Frau Amin vorschlagen, das zu übernehmen. Eduard verabschiedet sich von Logow.

Seltsam, Irinas Wagen vor der Garage, sie ist einen Tag früher zurück als erwartet. Eduard zögert, ob er den Wagen in die Garage fahren soll, des Öfteren hat Irina schon darum gebeten, wenn sie erschöpft war oder etwas getrunken hatte.

Es ist spät, im Haus brennt kein Licht. In der Halle sieht er ihr Gepäck, flüchtig abgestellt. Eduard nimmt an, Irina schläft bereits, erschöpft wie sie sein muss, und entschließt sich, den Wagen in die Garage zu fahren. Irinas Brille liegt auf dem Armaturenbrett, Eduard legt sie ins Handschuhfach, wo sie immer liegt. Einen Zettel mit dem Namen Dirk zu lesen, lässt Eduards Anstand nicht zu. Nahezu lautlos bewegt er sich durchs Haus, isst eine Kleinigkeit und geht in sein Zimmer.

14

Morgens, als Irina erwacht, weiß sie nicht, ob sie einen Alptraum erlebte oder Realität. Dirk. Diese Anna Frisch. Eduard. Ist es Nacht, fehlt die Orientierung. Irina schaltet das Lämpchen am Bett an, steht auf, vielleicht zu schnell, ihr ist schwindlig. Wieder ein Knopfdruck, das Rollo geht hoch, es wird Tag. Ein tiefer, wohl traumloser Schlaf, wie immer, wenn sie ein Mittel nimmt. Egal, welche Entscheidung, aufstehen oder im Bett bleiben – es gibt keine Wahl zwischen Dirk und Eduard. Was sieht Eduard – sieht er überhaupt etwas? Ihren Morgenmantel übergeworfen, geht sie ins Bad, der Schwindel lässt nicht nach, vorsichtig nimmt sie Stufe für Stufe hinunter in die Küche. Kaffeeduft. Eduard.

Eduard ist in der Küche und macht Frühstück. Zwei Mal lässt er die Brotmaschine surren für zwei Scheiben Dinkelbrot. Entkalken der Kaffeemaschine ist überfällig, das Gluckern will nicht aufhören, er entnimmt der Butterdose gut zwanzig Gramm und stellt sie zurück in den Kühlschrank, der Toaster klackt, die Marmelade steht wie immer auf dem Tisch. Eduard schenkt sich Kaffee ein – er genießt das Aroma. In Syrien trinkt man zu jedem Anlass Kaffee, bei jeder Einladung. Zarah Amin hier – was für eine Vorstellung. Das Zauberwort Daimé – für immer – meint die Hoffnung auf stete Großzügigkeit des gastgebenden Hauses. Seine Tasse wäre zu groß, womöglich unfein, sein Kaffee zu schwach und falsch gebrannt für Zarah Amin. Eduard muss lächeln über sich. Eigentlich weiß er nicht, ob es richtig ist, ihr die Aufgaben im Heim anzutragen, ob man ihm nicht etwas anhängen könnte, beschäftigt er eine Asylantin, wenn auch ehrenamtlich.

Die Tür geht auf. Irina bringt ein schwaches „Guten Morgen" zustande. Eduard steht auf, will sie umarmen, sie wehrt ab, „Es ist zu grell", sagt sie und setzt sich an den Tisch, fängt die Frage ihrer frühen Rückkehr ab mit „Alles gut". Eduard lässt das Rollo etwas herunter. Ob er schon die Zeitung gelesen hat. Nein, essen will sie gewiss nichts, ja, etwas Kaffee, bitte, sehr gütig. Was Wichtiges in der Zeitung steht, fragt Eduard. Sie schaut ihn an wie aus der Ferne. Eduard schweigt jetzt besser. Er streicht die Butter auf sein getoastetes Dinkelbrot, das Messer kratzt hin und her, eine kleine Welle Butter wogt vor und wieder zurück. Irina schaut auf das Messer, auf Eduards Hand – ihre Augen – sein Ring fehlt. Tonlos sagt sie: „Wo ist dein Ehering?"

Eduard schaut auf seine Hand, schaut zu Irina.

„Wo ist dein Ehering!"

Nach einer Weile sagt Eduard: „Ich weiß es nicht …"

„Du weißt es nicht?!"

„Irina – bitte –"

„Dafür weiß ich, wo du den ganzen Samstag warst."

„Bitte – Irina – hör doch auf!"

„So – wo warst du denn?!"

Eduard sagt nichts.

„Hör auf, hör du endlich auf mit deiner Tour!"

Das Haar ungekämmt, blass-steht sie da, ihr Atem geht schnell. Eduard steht auf, will sie beruhigen, sie stößt ihn weg, verlässt den Raum, als müsste sie vor ihm flüchten. Noch einmal schreit sie, er solle endlich aufhören damit, und er weiß nicht, womit. Oben, im Bad, schließt sie sich ein.

15

Je näher Eduard dem Flüchtlingsheim kommt – war es falsch zu gehen? – umso mehr ängstigt ihn Irinas Verhalten. Nicht ihre Überreaktion, daran ist er gewöhnt, Irinas Augen beunruhigen ihn, das Trübe in ihrem Blick. Sie nimmt ab und an „etwas zum Schlafen", wie sie das nennt, er hat nie nachgefragt, was. Frau Amin wird er sagen: Umsiedeln ist nicht möglich ohne Wohnung und Arbeitsplatz – es gibt ihn nicht, den Deal seiner Hilfe gegen ihre Übersetzungen. Irinas Schwäche – was war passiert während dieser Tagung? Was sollte das mit der Zeitung eben beim Frühstück, ob er sie gelesen hat, was gelesen hat? Wie lange hat er schon nichts mehr gehört von ihren Veranstaltungen, sie erzählt nichts mehr. Früher, geradezu sprühend berichtete sie davon. Die Einladungsliste – der Ausländerbeirat – das Wichtigste für heute. Eventuell wird er Frau Amin dazu bitten. – Irina. Er schüttelt den Kopf.

Später als üblich kommt er ins Heim, deutlich klingen arabische Frauenstimmen vom Aufenthaltsraum her, hell und etwas singend, die fremde Sprachmelodie. Durch das Fenster in der Tür ist zu sehen, wie Frau Amin mit einer der Frauen spricht, zuhört, nickt. Schwester Jacoba ist dabei, zusammen mit fünf weiteren Frauen sitzen sie am Tisch. Eduard klopft und öffnet die Tür, am Boden spielen kleine Kinder mit Bauklötzen und Stofftieren. Frau Amin spricht langsam vor: „Esmy" bedeutet „ich heiße".

„Ayasha", sagt eine junge Frau mit rosa Kopftuch. „Ich wohne" – und die Nächste antwortet. Eduard grüßt „säläm ailykum". Die Frauen lächeln und sagen etwas schüchtern „Marhaba" (hallo). Vor Frau Amin liegt ein

A3-Block Papier, neben Arabisch kurze Sätze auf Deutsch. Etwas Fürsorgliches ist in ihrem Blick, wenn sie den Block in die Runde der Frauen reicht. Zarah Amin steht auf und fragt Eduard, ob es ihm Recht ist, dass sie schon begonnen hat. Eduard bedankt sich und geht in sein Büro. Ihm fällt auf, dass kein Mann dabei ist; das wird er ändern. Unsere Kultur akzeptiert diese Trennung nicht, das müssen die Leute lernen. Er weiß, Frau Amin kennt die abendländischen Normen, sie wird den Bewohnern alles Wichtige näherbringen, die Ruhezeiten, wie man sich im Haus bewegt und in der Stadt. Stück für Stück.

16

Anfragen von Erstaufnahmeeinrichtungen, Telefonate mit dem Bezirk, mit Gemeinden, Einladungen zu Kundgebungen, die Gästeliste – Eduard ist voll beschäftigt und froh darüber. Und doch ist es da, ein Gefühl der Beunruhigung, mehr als bei einem Streit, der vorbeiginge. Es geht um ihre Beziehung, unterschwellig erstmals um seine Beziehung zu Irina.

Mittags ruft er Zuhause an, spricht auf Handy und AB. Später noch einmal. Bedeutend wird das, was fehlt. Er fährt heim. Geht in den ersten Stock, die Tür zu Irinas Bad steht offen. Er zwingt sich, nachzusehen, ein Board mit Kosmetika ist abgeräumt. Eduard sucht nach einer Nachricht, schaut ins Wohnzimmer. Nichts. In seinem Zimmer, im Flur – nichts. Nur das Champagnerbüchlein liegt auf dem kleinen Dielenschrank. Wenn es auch unsinnig ist, das Klopfen bei Irina – ihr Zimmer ist leer. Der AB gibt nur seine Stimme wider. Und die Stimme von Frau Frisch, sie bittet um Rückruf. Eduard geht zurück ins Heim.

17

Seine Flüchtlinge, inzwischen nehmen auch einige Männer teil am Deutschunterricht, immer öfter grüßen sie freundlich mit „Guten Tag", sie freuen sich über ihre ersten Spracherfolge und strahlen, wenn Eduard antwortet „Marhaba".

Es gibt auch andere, verschlossen, gar traumatisiert, das ist ihnen nicht unbedingt anzusehen. Ein Gesicht hat er vor Augen, jemanden, der die Orientierung verloren hat und oft im Treppenhaus auf und ab läuft, er kann nicht mehr schlafen. Vielleicht helfen Gespräche, Eduard wird wieder einen Psychologen rufen, sobald einer frei wird.

In seinem Büro sitzen sich Eduard und Frau Amin gegenüber – ein Team. Der Raum ist hell, das Fenster einen Spalt geöffnet, draußen spielen Kinder. In Silber glänzt das Amulett auf Zarah Amins Haut. Die Hand der Fatima, der jüngsten, reinsten und schönsten Tochter Mohammeds, Schutzsymbol der Frauen. Ob es quasi eine Pflicht gibt für Frauen, ein solches Amulett zu tragen, fragt Eduard.

Sie hat es von ihren Eltern bekommen, sagt Frau Amin, sie glauben an den versprochenen Schutz und sie liebt es. Eduard hat immer mal wieder zu tun, Frau Amins exzellentem Englisch zu folgen.

Frau Amin schlägt vor, am Freitag einen besonderen Nachmittag mit Syrisch sprechenden Bewohnerinnen abzuhalten. Eduard hat nichts dagegen, ob es um bestimmte Inhalte geht?

Sie möchte die Frauen aufrufen, ihr Leben in die Hand zu nehmen. Sie dürfen nicht länger drittklassige Menschen sein, ohne Selbstbestimmung. Sie sollen die Chance nutzen, sich in Deutschland zu bilden, einen Beruf zu erlernen, trotz Krieg in der Heimat.

Eduard bestätigt, Arbeitsamt und Firmen sind bemüht um Einstellungen, vor allem,–um weniger Bürokratie. Er selbst sieht das als Beitrag Deutschlands, Jahrzehnte voller Versäumnisse gutzumachen.

Zarah Amin ist angetan von Eduards Verständnis. Sie kritisiert die strengen Gebote, nach denen man zu leben hat, wie man isst, trinkt, sich wäscht, zur Toilette geht, sich kleidet, alles schreibt der Koran vor, man lacht nicht öffentlich, man applaudiert nicht und Frauen gibt man nicht die Hand.

Während kurzer Redepausen schlägt Frau Amin mal ein Bein über das andere, ihre Arme ruhen seitlich auf den Lehnen. Worüber sie auch spricht, die Stimme bleibt sachlich orientiert, sanft und sicher. Betroffen erzählt sie von Korruption und Unterdrückung durch das Regime, wie ehrlos und schändlich mit Frauen umgegangen wird, dass Jihadisten meinen, das gehört zum Krieg. Dass seit Kriegsbeginn bereits tausende Menschen verschwunden sind, weil sie sich einsetzten für ein gerechtes Leben und – weil andere nichts davon wissen wollten.

Bisher beschrieb Eduard das niemand mit Worten wie Zarah Amin.

Ihre Bildung – ihr Engagement – er bewundert sie und er sagt es ihr und sieht sie an.

Sie stockt und spricht weiter, all das musste sie schmerzlich lernen. Kaum zu hören eben, ein leichtes Stottern in der Stimme, das sie schnell übergeht: Es gab auch bedeutend bessere Zeiten, Frauen waren nicht unterjocht, ein Kopftuch konnte tragen, wer wollte, das war nicht mehr als ein Stück Stoff. Und Frauen durften studieren, sie studierte Literatur in Damaskus, Sprachen in England und Frankreich, fünf Monate auch in Deutschland.

Hätte sie gewusst, es würde Krieg geben, sie wäre nicht nach Syrien zurückgegangen. Sie hatten Spielraum, vor dem Krieg. Eduard vermutet, es muss noch einen Grund geben für Frau Amins Engagement.

Unter den Neuankömmlingen gibt es Unruhe. Ist die Zimmerbelegung geklärt, wollen die Leute verlegt werden. Mindestens zwei bewohnen einen kleinen Raum, bestückt mit je einer Liegestatt und je einer kleinen Kommode. Küchen wie Toiletten mit Waschbecken sind jeweils auf der Etage, zugänglich für alle. Eduard schickt Schwester Jacoba in die Zimmer, sie hilft bei Fragen und erklärt die Pflicht zur Ordnung. Die Leute nicken willig. Und sie fragen nach Frau Amin. Sie haben gehört, hier gibt es eine Frau aus Syrien, die mit ihnen spricht.

18

Bei jedem Heimkommen hofft Eduard, weniger Leere zu spüren. Nach einer Nachricht schaut er nicht mehr. Kaum wird ihm Irina eine SMS schicken, auf den AB sprechen, noch weniger eine Mail schreiben oder gar einen Brief. Inzwischen ist es eine gute Woche, dass sie weg ist, vielleicht war sie ja im Haus und er hat es nicht bemerkt. Er nimmt die Post aus dem Briefkasten, zwischen Werbung die Mitteilung eines Einschreibens –an Irina. Ein Einschreiben mit Rückschein. Offenbar etwas Wichtiges.

Eduard legt den Abholschein auf den kleinen Dielenschrank unter eine Ecke des Champagnerbüchleins. Da liegt er noch immer, fünf Tage später. Womöglich geht es um einen Widerspruch und **Eduard wäre schuld an einer versäumten Frist mit fatalen Folgen.** Er wird das Schriftstück abholen, was immer das sein mag. Und er wird seinen Vorsatz brechen und Irina eine SMS schicken.

Der Absender könnte Heimser heißen, der Name ist verwischt. Dr. Heimser – Irinas Geschäftspartner – Eduard erinnert sich an die neuen Produkte. Dann ist sie für niemanden erreichbar, nicht einmal fürs Geschäft. Bedarf etwa eine neue Situation zwingend der Schriftform? Sollte er besser zur Polizei gehen? Eduard öffnet den Brief:

Liebe Irina, wie bedauerlich, Deine überstürzte Abreise! Glaube mir, es gab gewiss keinerlei Grund dafür. Ich dachte, zwischen uns ist alles klar. Ich versichere Dir, Deine Zweifel waren absolut ungerechtfertigt. Sie nun auf diese unzeitgemäße Art auszuräumen, sehe ich als Zeichen unserer beiderseitigen Bodenständigkeit, auch im Sinne unserer soliden Geschäftsbeziehung. Darf ich diesmal auf eine Reaktion rechnen, bisher blieben meine Anrufe, Mails und SMS unbeantwortet. Damit ich mir keine Sorgen um Deine Gesundheit machen muss, bitte ich Dich um ein Lebenszeichen.

Mit Grüßen und Küssen, Dein Dirk.

Eduard bricht seinen Vorsatz neu.

19

Was ist es, was Zarah Amin antreibt? Eduard fragt sie, wie nebenbei, was ihrer Meinung nach am dringendsten ist – freilich den Krieg zu beenden – was müsste dann als Erstes geschehen?

Aufklärung und Neuwahlen, sagt sie, die Volksversammlung muss vertrauenswürdig sein, das Volk muss vertreten sein, nicht die Reichen. Und die Rechte der Frauen müssen gestärkt werden. Das Land wird nicht wachsen ohne die Kraft der Frauen – wir kämpfen nicht, Frauen sind für den Frieden.

Erstmals hört Eduard Betroffenheit heraus, Frau Amins Hände sind aneinander gepresst, die Stimme klingt höher als sonst.

Schwester Jacoba klopft, ob Kaffee oder Tee gewünscht wird. Ein paar Minuten später bringt sie beides und stellt das Tablett auf den Schreibtisch. Eduard platziert die Tassen und schenkt ein. Frau Amin lächelt, „shukran", sagt sie und nippt an ihrer Tasse, „laafu", nickt Eduard. Frau Amin fährt fort: Wer will den Verfall des Staates leugnen, den Verfall jeder Moral gegenüber Frauen, seit Kriegsbeginn. Staatlich verordnetes Unrecht ist das. Ist die Politik gegen neue Gesetze, weil sie Männer machen – sind sie die wahren Täter?

Dieser gehetzte Redefluss ist Eduard neu.

Eigentlich wollte sie das gar nicht sagen, sie hofft, nein, sie weiß, Herr Binder versteht sie. Erstmals nimmt sie etwas Zucker und rührt um. Ob sie persönlich Beispiele solcher Unterdrückung kennt, fragt Eduard.

Darüber zu sprechen fällt ihr schwer. Sie weiß von ihr nahestehenden Frauen, wie es ihnen erging. Sie hatten keine andere Wahl, als zu fliehen vor ihren Männern, es gab und gibt keinerlei Unterstützung für die Frauen, sie landen im Abgrund. Deshalb – eigentlich wollte sie das für sich behalten: Saadallah Wannous – nein, Eduard kennt ihn nicht, den syrischen Dramatiker – der sich in all seinen Schriften einsetzte für Menschenrechte und schrieb bis zu seinem Tod. Frau Amin entnimmt ihrer Stofftasche ein Buch und legt es vor Eduard auf den Tisch. Auf dem Cover ein junger, kahler Männerkopf neben arabischen Schriftzügen.

Ist er das, fragt Eduard – ja, Wannous stammt aus einem Dorf nahe ihrer Heimat, Husayn al-Baher, und in Tartous ging er aufs gleiche Gymnasium wie sie, leider vor ihrer Zeit. Jetzt, am Freitag, den 15. Mai, ist sein achtzehnter Todestag.

Sie schweigen, Zarah und Eduard. Als müsse er ihre Seelennot abfangen, spricht er von einem weiteren Gedenktag am 15. Mai, dem Internationalen Tag des Familienfestes, „the first victims of poverty and homelessness".

Ja, es ist das, worüber Saadallah Wannous unermüdlich schrieb, sagt sie. Sein besonderes Theaterstück wurde in Berlin uraufgeführt – „Metamorphosis", Sinnbild einer geschändeten Frau, die die Rollen tauscht und selbst sittlich verfällt.

Eduard fragt, wie sich die Frauen dazu stellen.

Die wenigsten haben ein Bewusstsein dafür, nur ein paar Intellektuelle kennen Wannous' Werke. Sie sind verboten. Das darf nicht so bleiben, Wannous' Warnungen müssen gehört werden!

Eduard nickt nachdenklich; jemand klopft an der Tür, er reagiert nicht.

Sie distanziert sich von den Machthabern, nicht von ihrem Land, sagt sie, sofern es das noch gibt. Das Aufführungsverbot von Wannous' Stücken soll das Unrecht verschleiern, die Wahrheit über die Reichen, die sich rechtzeitig in Sicherheit brachten und erst zurückkommen, wenn genügend Arme für sie gestorben sind. Zuvor allerdings waren sie es, die geschwiegen haben, all die Zeit.

Zarah Amins Worte klingen entschlossen, als habe sie einen Auftrag.

20

Es riecht nach Chemie. Die Waschmaschine steht offen, in Irinas Bad fehlt ihr Bademantel. Bestimmt hat sie einiges mitgenommen, Eduard weiß nicht, wohin. Kaum wird sie bei ihrem Bruder sein, der ihr noch immer das Erbe übelnimmt wie einem Nebenbuhler. Von heutigen Freundinnen ist Eduard wenig bekannt. Sie haben sich aus den Augen verloren, die Mädels von der Schule, vom Studium. Damals – ihre Reise nach Krk – das konnten sich alle leisten, erstmals fuhr auch Eduard mit. War er nur einmal kurz weg, schon standen die Jungs um Irina, auch die Mädels suchten ihre Freundschaft, ihre ungezwungene Art. Beim Volleyball am Strand, keine sprang so sportlich elegant wie Irina, keine warf den Ball so treffsicher wie sie. Jeder wollte sie in seiner Mannschaft haben. Dann das unbeliebte, angeblich streitsüchtige Mädel, das nicht mitkommen sollte und nichts erfahren durfte von der Reise. Plötzlich tauchte sie auf im Hotel, stand da wie eine Erscheinung, als alle beim Abendessen saßen. Keiner schaute sie an, niemand machte ihr Platz. Schließlich saß sie allein an einem Tisch. Es war Irina, die aufstand und sich dazusetzte, die mit ihr sprach wie mit den andern. Wer ist schuld – woran, an wem liegt es – heute – was war es, was alles verändert hat. Plötzlich. Eduard weiß, er belügt sich.

21

Zarah Amin stellt Teetassen auf das Tischchen im Aufenthaltsraum des Flüchtlingsheims. Um 14:00 Uhr beginnt der Frauennachmittag. Tatsächlich sind inzwischen elf Frauen gekommen, einige mit, einige ohne Kopftuch.

Der Tee ist stark, Frau Amin schenkt ein, die Tassen müssen in der Hand gehalten werden, das Tischchen ist zu klein, man ist zufrieden, jede Frau hat einen Sitzplatz, die Stühle reichen aus, Eduard verabschiedet sich. Ihm war, als wäre eben jemand an der Tür gestanden, der jetzt verschwunden ist.

Zarah Amin begrüßt die Frauen, erfreulich, wie viele sich anschließen, sie stellt sich noch einmal vor und beginnt: Wir alle wissen, wie schwierig unsere Situation ist, unsere Flucht ins Ungewisse. Niemand kann voraussehen, was werden wird, wie lange wir bleiben dürfen. Wann wir zurück müssen – zurück dürfen – in ein zerstörtes Land. Aber es ist unser Land, unsere Heimat. Und wir haben eine Aufgabe, die Aufgabe, unser Land aufzubauen und wieder zu dem zu machen, was es sein kann. Wir Frauen werden lernen, trotz Krieg, hier in Deutschland dürfen wir echte Demokratie erleben. Die meisten sitzen starr da und lauschen, schauen zu ihrer Nachbarin, wieder zu Zarah Amin. Überlegen wir einmal: Woher kann dieser Rückfall nur kommen, dass man uns Verstand und Tatkraft abspricht, dass man uns nichts zutraut? – Sie schaut in die Runde, schweigt ein Weilchen und sagt:

Weil wir das glauben, liebe Frauen, deshalb.

Sie lächeln betreten, eine und eine zweite lachen heraus.

Wir müssen beweisen, das ist falsch. Und wir werden das beweisen. Nicht von einem Tag auf den anderen, denn Geduld ist einer unserer hohen Werte. Auch Stärke gehört zu unserer Kultur und deshalb dürfen wir nicht aufgeben, wir werden uns anstrengen, unserem Land und unserer Kultur zuliebe.

22

Frau Amin leistet Beistand, lehrt Deutsch und erklärt mehr und mehr deutsche Staatsbürgerkunde. Auch ein paar Männer haben sich angeschlossen, inzwischen ist mehr als die Hälfte dabei. Eduard ist begeistert vom Eifer seiner Flüchtlinge; sogar die Tageszeitung ist aufmerksam geworden, der Abfallskandal von neulich ist vergessen. Es geht um sein Vorzeigeheim, um die erfolgreiche Vorbereitung für Integrationskurse einer syrischen Idealistin. Eine Pressefotografin lichtet Frau Amin und Eduard mit den Bewohnern ab, das Foto erscheint zum Artikel „Beispielhafte Integration" … In der Hoffnung auf positiven Bescheid ihrer Anträge sind einige Asylbewerber bereits probeweise an Firmen vermittelt. Ein paar, bereits Anerkannte, erhalten in Kürze eine Ausbildung. Die Stadt ist stolz auf diese Entwicklung und Bürgermeister Kreipel hat seinen Besuch angesagt bei Eduard Binder, dem ausgezeichneten Heimleiter.

Zarah Amin bereitet weitere Themen vor. Heute geht es um Verhüllung und Gewalt gegen Frauen. Erstmals überkommt Zarah Amin ein ungutes Gefühl, als sie vor der Frauengruppe spricht: Liebe Frauen, wo, frage ich euch, in welcher Sure steht, dass wir uns verhüllen müssen? – In keiner Sure steht das, nirgends ist das belegt.

Die Frauen hören stumm zu, wie Kinder einem deutschen Märchen.

Einige der Milizen wollen nur noch dünne Sehschlitze erlauben, damit wir vollkommen im Nichts verschwinden. Diesen Rückfall lassen wir nicht zu! Wir sind nicht allein, wir haben Unterstützung von höchster Politik, der UN-Konvention zur Beseitigung jeder Form von Diskriminierung der Frau. Das macht uns Mut.

Kaum eine der Frauen hatte bisher etwas gehört von UN und Konventionen.

Noch etwas will ich Euch sagen, liebe Frauen: Seid nicht nur böse auf die Männer, sie sind nicht so auf die Welt gekommen. Sie sind erzogen worden – von ihren Müttern – von uns Frauen! Wenn wir so weitermachen, wird unser Land im Abgrund verharren und es wird keine Zukunft für uns geben.

Sie schauen einander an, stumm, zweifelnd.

Wir alle müssen zueinanderstehen, jede einzelne von uns muss mutig sein, denn *Mut ist nicht teilbar* (Dima Wannous).

Eine Frau mit Kopftuch steht auf und legt die rechte Hand an die Seite ihres Herzens. Einige tun es ihr gleich, andere sagen leise „Shukran" (danke) und „Allaahu akbar" (Allah ist größer).

23

Eduard ist spätabends noch im Büro und arbeitet die Zeit nach, die ihm fehlt durch die gemeinsamen Kurse mit Frau Amin. Wann immer es geht, ist er anwesend, unterrichtet sie Deutsch.

Bedauerlich, dass er nicht dabei sein darf oder nicht soll, geht es um die Rolle der Frau im Islam. Er müsste lügen, würde er nicht das eine oder andere Mal vor der Tür stehen, auch wenn er nichts versteht – allein die Stimme von Zarah –

Er hört sein Handy ab, auch das Festnetzt daheim. Mehr aus Gewohnheit inzwischen, weniger, weil er auf ein Zeichen Irinas hofft. Anna Frisch bittet um Rückruf; sie hat schon einmal angerufen. Er weiß, ein Besuch in Heimstetten ist längst überfällig, er hat wirklich keine Zeit. Er genießt die Besprechungen, Einwände wie Zugeständnisse, die meisten der Eingeladenen kommen regelmäßig in den Gemeindesaal, der Ausländerbeirat, Firmeninhaber, Vertreter von Industrie und Handwerk. Die Presse. Zarah Amin – sie ist das Licht am Ende des Tages. Eduards Lichtgestalt. Er räumt vertrauliche Papiere zusammen, verschließt den Schreibtisch und geht.

24

Irinas Auto in der Einfahrt vor dem Haus. Heute. Jetzt. Spätabends. Eduard wendet, fährt zurück, vorbei am Flüchtlingsheim, stoppt, zwei leere Straßenbahnen kreuzen die Fahrbahn auf dem Weg ins Depot. Erst neulich gab es hier wieder eine Kollision. Er fährt an, gibt Gas, ist zu schnell für die Innenstadt, er nimmt den Weg zur Tankstelle mit dem überfreundlichen Kassenwart, kommt auf die Stadtautobahn. Und wenn es bis zum Morgengrauen dauert – er wird fahren, bis sein Weg eindeutig ist – keiner wird ihn hindern oder stören.

Weshalb ist sie gekommen? Um ihm Vorwürfe zu machen, er hätte ihre Post unterschlagen? Dann hätte sich ja alles wieder eingerenkt mit ihrem Dirk Heimser. Ist es das Medieninteresse an Eduards Erfolg, wäre er jetzt standesgemäß, sein Job anerkannt? Irina – das hat doch nichts mit Geld zu tun – jetzt könnte er ihr das sagen. Wahrscheinlich ist es nicht mehr als sprichwörtlicher Stutenbiss im Kampf gegen die schöne Syrerin.

Die Ampeln stehen auf Nachtschaltung. Eduard ist am Ortsende und fährt zurück Richtung Stadt. Er fragt sich, wozu es taghell sein muss mitten in der Nacht, gerade entlang der Stadtautobahn. War Irina jemals die Frau an seiner Seite? Vielleicht ist das banal. Vielleicht hat er gar keine Seite für eine Frau, oder nicht die richtige für Irina. Eduard schaltet das Radio ein: *"... nicht einmal Romantiker geben sich zufrieden allein mit dem Licht der Perseiden. Wenn Sternschnuppen im August und nächtliche LED-Beleuchtung auch nicht das Gleiche sind."*

Er drückt die Stationstasten durch, Free Jazz, Werbung, Heavy Metal, Werbung, Geißeltiere – Population durch Klonen – er landet wieder auf dem ersten Kanal: *"... Problematisch aber ist die Beleuchtung durch die Straßenlaternen über die ganze Nacht, von der Dämmerung bis zum Morgengrauen, unabhängig davon, welche Wege genutzt werden. Neuerdings strahlt zu viel Licht seitlich und nach oben ab, das Beobachten rechts und links fällt schwer. Das berge die Gefahr, geblendet zu werden und gerade wegen der Helligkeit wichtige Details zu übersehen, besagt die Studie des IGB."*

Nichts von leicht übersehbaren, wichtigen Details, es ist nachtschlafende Zeit, ein, zwei Katzen, nicht mehr. Er dreht das Radio lauter, als ginge es um den guten Ausgang eines Romans, erhofft über viele Seiten: *"Stetig, aber weitgehend unbemerkt, geht der Wandel vor sich."* Falsch. Sie haben sich spürbar entfernt. Erst Zarah hat ihm das unbeabsichtigt gezeigt. *"Um etwa neun Millionen Laternen tummelt sich in nur einer Nacht etwa eine Milliarde Insekten – und stirbt. Sie verwechseln die Lampe mit dem*

Mond, zu dem sie immer in bestimmtem Winkel fliegen, trudeln um die Lampe, verbrennen, sterben erschöpft. Einige werden von Spinnen gefressen, die schon lauern an solchen Lichtfallen."

25

Irina steht in der Küche – ihr letzter gemeinsamer Ort. Damals, vor Mutters Beerdigung, standen sie hier zusammen. Mutter war gegen die Heirat mit Eduard. Mutter war auch gegen sie, ihre eigene Tochter. Das Erbe verdankt sie dem Vater. Auf dem Tisch liegt ein Buch, ein syrisches Wörterbuch, daneben Eduards Kaffeetasse vom Morgen, falls es seine ist.

Heute wollte sie ihn beglückwünschen zu seinem Erfolg und er ist nicht da. Früher hätte er sie überall gesucht, stattdessen hielt er es nicht einmal für nötig, sich zu entschuldigen. Sie bleibt völlig außer Acht, was für eine Blamage für sie, seine Ehefrau, mit diesem jungen Ding Geburtstag zu feiern, eine geschäftliche Beziehung zu missbrauchen, auch noch den Ehering abzunehmen. Ausgerechnet für eine Mieterin. Mit Dirk ist das anders, er ist Geschäftsmann und ihr Partner, man flirtet immer, hat man geschäftlich miteinander zu tun, das gehört dazu.

Es ist gut, dass Eduard nicht da ist, von ihrer Demut wird er nichts erfahren, wenigstens diese Schmach hat er ihr erspart. Sie muss weg hier, so schnell es nur geht. Sie nimmt den kürzesten Weg, vorbei am kleinen Garderobenschrank und stockt. Ein Blatt Papier – darauf ein Ring – Eduards Ehering. Sie nimmt das Blatt in die Hand.

Hallo Herr Binder,
leider konnte ich Sie telefonisch nicht erreichen. Weil Sie schon länger nicht in Heimstetten waren, sende ich Ihnen den Ehering

mit der Post. Ich fand ihn in einer Ecke der Waschküche, wahrscheinlich haben Sie ihn verloren, als Sie mir an diesem Samstag den Anschluss für meine Waschmaschine montiert haben. Nochmals herzlichen Dank dafür. Hier ist alles prima, der Garten macht großen Spaß.
Viele Grüße! Anna Frisch, Grüße auch von meinem Bruder.

Irina zieht eine Schublade des Garderobenschränkchens auf. Wie ein Automat entsorgt ihre Hand den Brief samt Ring in die offene Schublade. Ein, zwei Mal tönt es dumpf – die Schublade ist zu. Jetzt sieht es wieder aus wie früher. – Nur das Champagnerbüchlein fehlt.

26

Zum vierten Mal am Ortsende, verlässt Eduard die Stadtautobahn und fährt zurück. Er schüttelt den Kopf – ein Insekt, das den Mond mit dem Licht der Laterne verwechselt ... Aber was, wer ist er? Womöglich passt er gar nicht zu seiner Lichtgestalt, womöglich ist er wirklich verblendet und seine Gedanken sind doppelt unsinnig. Vages, lautlos rotierendes Blaulicht im Nachthimmel. Womöglich wieder die Straßenbahn vorm Depot, er kommt näher, das Blinken wird klarer. Vorm Heim – die Polizei. Ein Krankenwagen. Eduard parkt auf dem Gehweg und eilt ins Haus.

Ein Arzt oder Sanitäter hält den Infusionsbeutel hoch, auf der Trage liegt Zarah, ihre Augen sind geöffnet, sie ist bei Bewusstsein.

„Was ist passiert?", fragt Eduard. Ja, ja, er ist der Heimleiter, sagt er einem der beiden Polizisten.

Eduard spricht den Mann mit der Infusion an: „Besteht akute Gefahr?"

„Genauer wissen wir das in ein paar Stunden. Möglicherweise war sie ohnmächtig, den Würgemalen nach. Fürs Erste ist die Infusion schmerzlindernd und beruhigend."

Logow steht an der Haustüre und wartet, dass er öffnen soll.

Wieder fragt Eduard, was passiert ist, einer der Polizisten versucht zu erklären: „Angeblich ist die Frau im Haus überfallen worden. Der Täter spricht kein Deutsch, er sagt immer nur zwei Worte, wie ‚aafuan' (Entschuldigung) oder ‚laafu' (bitte). Fragt man ihn etwas, wirft er den Kopf zurück und sagt ‚la', das muss ‚nein' heißen."

„Weiß man, wie das passiert ist?"

„Auf dem Weg zur Toilette soll er sie überfallen haben, man sieht deutliche Spuren am Hals."

„Aber warum nur?"

„Das wissen wir nicht", sagt der andere Polizist, „die Frau ist noch benommen, sie sagt, er hat ihr die Halskette zerrissen und das Amulett weggenommen, sie ist unwürdig, soll er gesagt haben. – Ist halt eine andere Kultur."

Der Täter ist bereits in Gewahrsam. Die Polizisten bitten Eduard für morgen aufs Revier und verabschieden sich. Eduard ist bei Zarah im Krankenwagen. Nur ihren sicheren Händedruck kannte er bisher. Jetzt ist es eine andere Hand, sanft, wie Zarahs Worte: Wir haben vergessen, einen Psychologen zu holen.

Wendekreise und Windrose

von Silvia Falk

Wir – Kampf zweier Meere

Noch zusammen standen wir am unteren Rand der Welt, am südwestlichsten Punkt eines leeren Kontinents, blickten von oben die zerklüfteten Felsen hinab auf das Zusammenfließen zweier Meere. Das eine eiskalt, das andere warm. Das eine smaragdgrün, das andere tiefblau. Ein Aufeinandertreffen zweier fundamentaler Extreme mit den entsprechenden physikalischen Auswirkungen: alles mit sich reißende Strömungen, tückische Abwärtsstrudel an den Rändern und ein gischtiges, fontänengleiches Aneinanderklatschen der zwei grundverschiedenen Ozeane. Eine gigantische, tosend brüllende Hölle tat sich da unter uns auf und zog sich mit ihrer bewegten, schaumgekrönten Scheitellinie fast bis zum Horizont. Enorme Kräfte zerrten ineinander, aneinander und untereinander, und was nicht stärker war als sie, zerbarst. Aus dieser wütenden See würde es kein Entkommen geben. Das war unser „Außen".

All dieses einzigartig Existenzielle zu sehen, zu hören, zu riechen, salzig zu schmecken und mit allen Nervenenden zu fühlen, war eine so wuchtige und gleichzeitig ambivalente Erfahrung, dass es mich auch heute noch – viele Jahre danach – erschauern lässt. Diese vorher nie gekannten rasenden Naturgewalten werden mich wahrscheinlich nie mehr loslassen. Ängste und Faszination übermannten mich damals gleichermaßen. Gut so – sie wiesen mir meinen, unseren Platz in der Hierarchie zu. Hatten wir denn überhaupt einen, waren wir dafür vorgesehen?

Wir – Außen und Innen

Dieses „Außen" war nicht nur vom Erleben her beeindruckend und stark, es wirkte aufwühlend nach innen und ließ uns menschlich erbeben. Es konnte uns nicht kaltlassen. Unser Inneres erschauerte und hinterher war nichts mehr wie zuvor. Äußerlich funktionierten wir auch nicht mehr wie vorher. Vielmehr hatte ein jeder von uns beiden eigenartigerweise das Bestreben, es den Meeren gleichzutun. Seine ganzen Kräfte zu bündeln um auf fulminanten Widerstand zu stoßen. Ein jeder von uns glaubte, keinen Stein mehr auf dem anderen belassen zu können. Als wäre die uns erreichende Gischt ansteckend gewesen und die heulenden Winde hätten es uns eingebläut. Was war da los, was war in uns gefahren mit seiner entfesselnden Kraft? Welcher Dämon hieb da mit seinem Schwert auf unsere Verbindung ein?

Wir – Bruch

Die Lösung, oder eine Antwort darauf, würde ein jeder von uns für sich selbst finden müssen; die Wasser müssten sich teilen, die zerstörerische Gewalt sich an einem flachen Strand brechen und sanft auflaufen, die Energie verpuffen. So ließen wir uns, beeinflusst durch diese extreme Natur, zweiteilen; entließen unsere Vehemenz in verschiedene Richtungen und gingen getrennte Wege. Ein jeder von uns nun auf mühsamer Wanderschaft und auf dem Weg zu neuen Ufern.

Ich – In der absoluten Einsamkeit und Stille

Von der einen Hölle in die nächste. Das genaue Gegenteil davon. Nicht am unteren Rand der Welt und des leeren Kontinents sondern tief in seinem Innern, unterhalb des Meeresspiegels gelegen. Ein Bassin von gewaltigen Ausmaßen, das sich heute knochentrocken, morgen als riesiger See zeigen konnte; je nach Laune der Natur. Hier, in der Mitte des Nichts, dröhnte mir der Kopf vom Rauschen meines Blutes. Kein einziger Laut von außen war zu vernehmen – absolute Stille. Unheimlich, geradezu gespenstisch. Hatte hier jemand den Ton abgedreht? „Wo bist du?" Kein Lufthauch, keine Bewegung – weder am Himmel noch auf der Erde. Wolkenlose Hitze, nicht einmal mehr flimmernd, lag auf dieser staubigen, scheinbar toten Ebene. Ausgestreckte Einsamkeit. Vorbeikommend an großflächigen, weiß glitzernden Salzpfannen, entdeckte ich am Horizont einen kleinen grünen Punkt. Leben. Automatisch folgte ich seinen magischen Anziehungskräften. Ein winziges Paradies in Gartengröße empfing mich mit klarem Wasser, das lautlos aus einem kleinen, erhabenen Loch in der Erde quoll. Einem Schwimmreif gleich lagerten sich die Mineralien der artesischen Quelle um die Öffnung ab. Zartes Grün umkränzte es und gedieh, soweit das Wasser fließen konnte – nur ein kurzes Stück – dann versickerte das kostbare Nass im Staub und die Wüste breitete sich aus. Ein Geschenk der Natur, ein Schluck Wasser, mit den Händen geschöpft, leicht bitter, etwas salzig, ein Urwasser aus den Tiefen des Artesischen Beckens, vor Jahrmillionen entstanden, eingelagert in einem Netz von Sandsteinkavernen wie in einem Schwamm und durch eigenen Druck an einer dünnen Stelle der Erdkruste sich seinen Weg herausbahnend. Und das für mich. Auserwählt, davon zu kosten und damit einen lebendigen Zusammenhang mit der Ewigkeit zu spüren. Es war jetzt nicht das Alleinsein, nicht die Einsamkeit, die mich anrührten – es war Ergriffenheit. Ergriffenheit durch die unvorstellbaren Dimensionen dieser Natur. Sie richtete mich innerlich auf und trieb mich voran. Mit meinem weiteren Weg in dieser unwirklichen Gegend verschmolzen Innen und Außen zu einem sonderbaren Erlebnis. War es eine Illusion, ein Traum oder ein Wahn? Gab es denn noch eine Welt außerhalb meines Seins? So betörend und faszinierend diese endlose Einsamkeit und schreiende Stille auch auf mich einwirkten, so gewahrte ich ebenso ihre gefährliche Sogwirkung. Ich musste von hier weg, wollte ich ihnen nicht ganz verfallen. Ein Gedanke, so klar wie die reine Nachtluft, die den unsagbar dicht besternten Himmel mit dem Kreuz des Südens ohne jedwede lichtinduzierte Verunreinigung mit einer eindringlichen Intensität und schieren Greifbarkeit leuchten ließ. Ein Bild, das sich mir für immer und ewig in die Netzhaut einbrannte.

Ich – Begegnung mit einem Dromedar

Ein neuer Tag entließ mich in eine Richtung, in der ich auf Menschen treffen konnte. Doch zunächst, wie aus dem Nichts, schritt in lautlosen, rhythmischen Bewegungen ein Dromedar auf mich zu. Verblüfft sah ich das struppige Tier auf mich zukommen. War das eine Sinnestäuschung, eine Fata Morgana? Doch nein – zutraulich, vielleicht auch froh darüber, auf einen Gefährten gestoßen zu sein, rieb das mächtige Geschöpf seinen Kopf an meiner Schulter. Vorsichtig ließ ich es geschehen. Halt, nein, das stimmt nicht! Im Gegenteil: Angstfrei ließ ich es zu und genoss die Berührung. Einige Worte von mir ließen das Dromedar aufhorchen und mich mit seinen sanften, dunklen Augen ansehen. In ihnen konnte ich mich spiegeln und mich in diesem Blick fast verlieren. Ein erster Schritt zur Zuwendung an ein Wesen war wieder getan. Meine Erlebnisse hatten dieses Bedürfnis nicht abschwächen können, es war unverändert in mir. Nach dieser kurzen, intensiven Begegnung würde es mir leichter fallen, wieder auf Menschen zu treffen.

Der Fall trat schneller ein als erwartet. Mein Proviant war nur noch ein Leichtgewicht, das Wasser ging zur Neige und so steuerte ich den einzigen Krämerladen weit und breit an einem Wegeknoten an, um meine Vorräte aufzufrischen. Dieser Laden war gleichzeitig Pub, Postamt und Tankstelle, mit immerhin zwei Zapfsäulen. Meine Gier nach frischem Grün, gepaart mit Unvernunft, bestimmte mein Einkaufsverhalten. Tagträumend sah ich vor mir eine große Schüssel voll überquellender Salatblätter, Tomaten, Gurken, Zwiebeln, Knoblauch, schwarzer Oliven und Schafskäse. Mariniert mit Essig, Olivenöl, Salz, Pfeffer und etwas Anismyrte. Ergänzt durch geröstetes Weißbrot. Dementsprechend kaufte ich ein, gut verpackt in einem Eisbeutel und einer eisgekühlten Weinbox. Glücklich über meine unverhoffte Beute, schlug ich den Weg zu meinem vorgesehenen Übernachtungsplatz ein.

Ich – Die aufgelassene Bahnstation

Eine einsame, ursprüngliche Versorgungsstation war es. An einer aufgelassenen Bahnstrecke, bestehend aus zwei Häusern: dem alten, mit Brettern vernagelten Bahnhofsgebäude und einem wohl später erbauten, flachen Wirtschaftsgebäude dahinter. Neben dem einstigen Gleiskörper, fest verankert und vor sich hin rostend, reckte sich ein mächtiger, hochbeiniger Wassertank in die Höhe. Besonders auffallend war sein langer Schwenkrüssel zum Befüllen der Dampfloks, die hier in ganz frühen Zeiten in langen Zügen verkehrten und hielten. Den Flachbau umgab ein kleines, eingezäuntes Areal zum Zelten oder zum Abstellen von Wohnwagen. Es war eine Klingel angebracht. Ich läutete. Die Glocke schrillte unangenehm laut, als wollte sie die ganze Umgebung alarmieren. Nichts rührte sich. Ich sah mich um. Auf dem Platz stand ein bereits von hartem Spinifexgras eingewachsener Wohnwagen. Er hatte wohl schon einiges an Naturangriffen durchgestanden. Ein fahrbereites, leicht lädiertes Auto älterer Bauart parkte unweit davon. Es musste wohl doch jemand hier sein? Nichts rührte sich, der sandige Platz brütete im heißen Sonnenlicht. Entschlossen ging ich auf den Wohnwagen zu und klopfte kräftig an die Tür. Klopfte nochmals und rief dabei: „Hallo, ist da jemand? Hallo!"

Es rührte sich nichts. Schon war ich im Weggehen begriffen, da öffnete sich knarzend die Wohnwagentür und ein drahtiges, verschrumpeltes Männchen sah mich fragend an. Ihn grüßend, stellte ich mich vor und erkundigte mich nach den Übernachtungsmodalitäten.

Der Besitzer sei nicht hier, er aber von ihm dazu ermächtigt, Gäste zu empfangen und die Gebühr dafür entgegenzunehmen. Er nannte einen geringen Betrag, beschrieb mit weit ausholender Bewegung einen Kreis und gab mir damit zu verstehen, ich könne mich hier niederlassen, wo ich wolle. Mitten auf dem Gelände deutete er auf einen gemauerten Gasgrill, dabei lächelte er in sich hinein, als dächte er dabei an sein zuletzt darauf gebrutzeltes Känguru-Steak. Dann ging er voraus zum Flachbau. Dessen Hintertür führte in einen Raum mit einer Deckendusche, großem Waschbecken und Toilette, beides durch eine mannshohe Trennwand voneinander abgeteilt. Doch was war das? Auf und in der brillenlosen Toilettenschüssel bewegte sich eine rätselhafte, konturlose, schwarz glänzende Masse. Kaltes Grauen überkam mich. Ängstlich deutete ich darauf und sah Brian, so hatte er sich vorgestellt, fragend an. Er schüttelte seinen Kopf mit dem zerknautschten Hut darauf und brummte verärgert: „These terrible frogs!"

Erleichtert atmete ich auf. Vor Fröschen fürchtete ich mich nicht, eher vor dem Millionenheer ihrer unsichtbaren Mitbewohner, die ihnen aufgrund dieses ungewöhnlichen Aufenthaltsortes anhafteten. Brian wandte sich zur Toilettenschüssel und fuchtelte darüber mit den Händen. Zig kleine, schwarze Frösche sprangen davon und verkrochen sich in dunkle Ecken und Ritzen, wo sie nicht mehr zu sehen waren. Als wenn nichts gewesen wäre, präsentierte sich die Kloschüssel in porzellanenem Weiß. Klar, dieser geschützte Ort war wie eine Oase in der Wüste für die Amphibien. Hier im Halbdunkel, mit Feuchtigkeit und manchmal fließendem Wasser, reichlich Fliegen, Spinnen und anderen Insekten, herrschten für sie ideale Bedingungen. Ein Ort zum Überleben, bis es irgendwann einmal regnete. Je mehr ich über diese Tiere nachdachte, desto sympathischer wurden sie mir. Ja, ich fühlte mich geradezu mit ihnen verwandt. Schlaue, abwartende Überlebenskünstler in einer schwierigen Umgebung – so ähnlich wie ich. Und auch wie Brian. In diese abgelegene Gegend hatte er sich über den Sommer verzogen, um mit seinem Detektor nach Goldnuggets zu fahnden. Hier gab es wohl einige Stellen, die ziemlich Erfolg versprechend waren und sind. Wie bei unseren „Pilzgründen" zu Hause verbietet es sich auch hier, danach zu fragen. Ich hielt mich an diese Regel, gab ihm mein Platzgeld und lud ihn auf einen frisch zubereiteten Salat griechischer Art am Abend ein. Er nickte mir zu und verzog sich wieder in seinen Wohnwagen, aus dem bald darauf berichtende und jubelnde Töne sowie ein Pfeifkonzert zu hören waren. Völlig ungewohnte Geräusche für mich nach der Zeit im großen Artesischen Bassin. Auch ungewohnt, den Wind hier auf der Haut zu spüren und zu sehen, wie er Ballen von Spinifex vor sich her trieb.

Ich – Griechischer Salat, Schlaf und Goldnugget

Das Abendessen gestaltete sich ungewöhnlich. Ich hatte alles geschnippelt und schmackhaft mit einigen Raffinessen zubereitet, so, wie es mir in meinem Tagtraum erschienen war. Es gab den üppigen Griechischen Salat,

Weißwein und geröstetes Brot vom Grill. Die Teller waren gut gefüllt, garniert mit Streifen gegrillten Weißbrots, dazu zwei Becher weißen Weins. Stolz überblickte ich meine Minitafel. In dieser Umgebung etwas derartig „Anspruchsvolles" zuzubereiten, war schon eine besondere Leistung. Ich klopfte an Brians Tür, ging zurück zu unserer Tafel und wartete auf meinen Gast. Nach einer Weile öffnete sich die Wohnwagentür, Brian kam hurtig heraus und auf mich zu, nahm seinen Teller und seinen Becher, nickte kurz, ging zurück zum Wohnwagen und schloss die Tür hinter sich. Ich fasste es kaum. Sitzengelassen mit viel Appetit und einigen Fragezeichen. Mit dem Wort „Kulturunterschiede" akzeptierte ich achselzuckend diese Wendung, widmete mich meinem Abendessen und verputzte alles restlos. Danach sagte ich noch den Fröschlein gute Nacht und legte mich schlafen.

Geweckt wurde ich durch die Wärme der Sonne. Kein Laut war zu hören und ich brauchte einige Zeit, um mich zu orientieren. Schon am frühen Morgen wurde es sehr heiß und ich musste aufstehen, ob ich wollte oder nicht. Auf der Minitafel des gestrigen Abends stand noch mein ungespültes Geschirr. Daneben ein sauber gewaschener Teller nebst ebenso sauberem Becher. In der Tellermitte bewegte sich leicht, durch die Morgenbrise veranlasst, ein Papierabriss mit einem hingekrakelten „thanks, great". Festgehalten und beschwert durch ein kleines, in der Sonne gelb glänzendes Goldnugget. Vorsichtshalber rieb ich mir die Augen und sah nochmals hin: das gleiche Bild. Das war wohl die spezielle Art eines Goldsuchers, sich für erwiesene Aufmerksamkeiten zu bedanken. Das hatte Stil! Das würde ich nie vergessen. Das Nugget begleitet mich heute noch.

Das leicht lädierte Auto war verschwunden. Brian war bei der Arbeit. Ein paar Worte des Dankes und meine Freude über seine freundliche Art schrieb ich auf ein Blatt Papier, steckte es an seine Wohnwagentür, sah noch einmal nach den schwarzen Überlebenskünstlern und machte mich auf den Weg.

Fragen meines Inneren bestürmten mich. War ich nun wieder bereit, mit Menschen zu kommunizieren, mich mit ihnen einzulassen oder gar mit ihnen eine Beziehung einzugehen? Verbargen sich noch seelische Trümmerreste in mir? Ich war mir nicht im Klaren darüber, wusste es nicht und würde es wahrscheinlich vorsichtig ausprobieren müssen. Andererseits drängte es mich auch nicht danach. Ich fühlte mich frei, ungebunden, voller Ideen und Träume.

Ich – Aufbruch zum nordwestlichsten Kap

Stets nach vorn blickend, erreichte ich eine weitläufige Ansiedlung am Ende einer Halbinsel. Dieser Ort war bekannt aus den Nachrichten als Angriffspunkt für Zyklone, ihn wollte ich sehen und erleben. Schon an dezenten Hinweisen konnte ich ablesen, wo ich angestrandet war: Auf dem „Campground" gab es betonierte Stellplätze mit eingelassenen, starken Stahlankern und Abflussrinnen. Die Botschaft war klar: „Willst du hierbleiben, gurte dich an!" Und: „Es könnte sehr nass werden." Die Ortschaft selbst unterschied sich nicht sehr von den anderen wenigen dieser Gegend. Auffällig war nur, dass es keines der typischen, ursprünglichen Wohnhäuser mit ausladenden Veranden oder verspielten Gau-

ben mehr gab. Sie waren vor etlichen Jahren allesamt dem letzten, wirklich extremen Zyklon mit den höchsten je gemessenen Windgeschwindigkeiten zum Opfer gefallen. Ein Trümmerort für nahezu zweitausend Einwohner. Sie blieben, um ihre prestigeträchtige Ansiedlung am nordwestlichsten Punkt des Kontinents wieder aufzubauen und neues Leben darin einziehen zu lassen. Prestigeträchtig für sie deshalb, weil sie als auserwählter Ort einer überseeischen Macht für deren störungsfreie Kommunikation zwischen ihren Hauptquartieren und der Flotte ihrer Unterseeboote ausersehen waren. Zahlreiche, extrem hohe Gittermasten, verbunden durch ein Netz von Stahlseilen, bildeten diese hochtechnische Anlage. Sie wirkte auf mich wie eine gigantische Vogelvoliere für den ausgestorbenen Riesenvogel „Roc". Hier, in dieser weltentlegenen Gegend, hielt ich alles für möglich. Die Gelassenheit der Einwohner war beneidenswert und beeindruckend. Nicht nur gegenüber fremden Mächten samt deren Ansprüchen, auch gegenüber Naturgewalten.
„Zyklone kommen und gehen", war nur einer dieser Sprüche, die hin und wieder zu hören waren. Er klingt mir noch im Ohr.

Wir - Waren schon einmal hier

Schon einmal waren wir hier – vor ein paar Jahren – zusammen. Bei unserer frühabendlichen Ankunft am Ort hatte sich der Himmel bereits verdüstert und ließ nichts Gutes ahnen. Deshalb fingen wir sofort damit an, unser kleines Zelt fest auf der Betonplatte zu vertäuen und einigermaßen sturmsicher zu machen. Wir wussten nicht, was uns wirklich erwarten würde. Währenddessen verdunkelte sich der Himmel mehr und mehr, wurde blauschwarz und drohend schwer. Wir meinten, er würde gleich auf uns herunterfallen oder uns verschlucken. So eine Himmelsschwärze hatten wir noch nie zuvor erlebt. Zunächst regte sich kein Lüftchen und kein Vogel war mehr zu sehen oder zu hören. Bleischwer lastete die tropische Hitze auf und über uns. Plötzlich zuckten erste beeindruckend zackige Blitze orangegelb über den weiten Himmel. Dann immer noch mehr, schneller und noch greller.

Wir – Der Zyklon

Die Summe dieser extremen Erscheinungen war das Startzeichen für uns, den Zeltreißverschluss hochzuziehen und alles dicht zu machen. Geradezu lächerlich war es, wie wir glaubten, uns in unserem Winzigzelt vor diesen Naturgewalten verkriechen zu können. Es bot uns lediglich imaginären Schutz und Sicherheit. Erste dicke Regentropfen fielen, die Luft roch schwefelig, der herrschsüchtige Wind drehte mehr und mehr auf, legte es geradezu darauf an, mit seinen durchdringenden Pfeiftiraden unsere Angst zu schüren. Doch mit dem Wenigen, das wir hatten, um uns zu schützen, waren wir gut vorbereitet. Und dann ging es richtig los, steigerte sich zu einem Tremendo in einer Weise, als wollte das Meer vom Himmel fallen und orkanartige Stürme es wieder wegfegen, als wollten grelle Blitze uns anleuchten, um uns dann zielsicher mit ichrer zerstörerischen Energie zu treffen, dröhnende Donnersalven versuchten, uns klein und noch kleiner zu drücken. Weniger oder noch kleiner ging aber nicht. Furchtsam aneinander geklammert und zusammengekauert, saßen wir unter dieser dünnen Haut und warteten auf das, was noch kommen wollte. Der Himmel spie alles über uns aus, was er bisher nur dosiert abgegeben hatte und was seit Längerem darauf wartete, von ihm weggeschleudert zu werden. Ein Toben, Tosen, Peitschen, Wasserrauschen, Ächzen und Dröhnen erfüllte unsere Umgebung. Der Sturm riss wütend und ungeduldig an unserem Iglu, als wolle er nicht glauben, dass dieser lästige Pickel immer noch stand. „Weg damit, fort mit euch, das ist mein Spielplatz. In dieser Gegend will ich mich immer und immer wieder austoben. Ihr stört massiv, verschwindet!" Das war seine Botschaft an uns. Wir hatten endlich verstanden. Als hätte jemand den Strom abgestellt und das Wasser abgedreht, war von einem Moment auf den anderen Ruhe. Es funkelte nur noch ein berauschendes Sternenmeer über uns, als wäre nichts gewesen. Allein das Gurgeln des abfließenden Wassers war zu hören. Die Luft, nun rein und frisch, roch würzig nach Myrten. Es war angenehm warm. Völlig erschöpft fielen wir, trotz der Nässe überall, in einen tiefen, traumlosen Schlaf.

```
Wir - Die Überschwemmung
```

Einsichtig verließen wir am nächsten Morgen den Platz. Vorbei an verwüsteten Anlagen und weithin überschwemmten Flächen. Umleitungen ließen uns wissen, dass hier kein Fortkommen sei, denn trockene Bachbetten seien zu reißenden Strömen angeschwollen. Selbst Brücken waren überflutet. So irrten wir durch diese mitgenommene Gegend und suchten nach einem Schlupfloch. Wir fanden eines, wanden uns hindurch und spürten Sandwege auf, die direkt zum Ozean führten. Also in die Richtung, wohin sich alle Wasser ihren Weg bahnten und wir in ihrem Sog mitschwammen.

Wir – Flucht zum Wrack

Die endlos lange, einsame Küstenlinie war felsig zerklüftet und steil abfallend. Ein Bollwerk gegen die anrasenden Wogen eines scheinbar unendlichen Meeres, vergesellschaftet mit orkanartigen Stürmen, die immer wieder darüber hinwegfegten. Eine Brandung von unermesslicher Kraft und Energie. Sie war imstande, Ende der achtziger Jahre des letzten Jahrhunderts in einer stürmischen Nacht einen riesigen Salzfrachter gegen diese Festung zu treiben, ihn so zu zerschmettern, dass er zwischen den Felsen hängen blieb. Trümmer dieses stählernen Riesen lagen in weitem Umkreis verstreut. Mühsam vorantastend, bahnten wir uns einen Weg hinunter zu diesem Wrack. Stacheliges Buschwerk, huschendes Getier, tückisches Geröll und eine brennende Sonne versuchten im Verein, unser Vorhaben zu vereiteln, als wollten sie das Mahnmal vor Eindringlingen schützen. Schließlich gelang es uns, den schmalen, von großen Steinbrocken übersäten Strand zu betreten und uns dem toten Koloss zu nähern. Hier, zwischen den Felsen, war er gewaltsam gestrandet. In zwei riesige Teile zerbrochen, die sein Innerstes freigaben.

Wir – Schweigeminute

Wie viele Menschen an Bord hatte dieses Unglück in Furcht und Schrecken versetzt? Den Naturgewalten ausgeliefert, hatten sie diesen wohl noch tapfer getrotzt, gegen sie angekämpft, um schließlich angeschlagen, schwerverletzt oder gar getötet durch die Wucht des Aufpralls und des Auseinanderbrechens des Frachters auf den felsigen Strand oder in die wütende See geschleudert zu werden. Diese Vorstellungen und Gedanken zwangen uns zum Innehalten auf einen Felsblock nieder. Schweigend, voller Achtung gegenüber dem längst Geschehenen, betrachteten wir die gespenstische, vor sich hin rostende Szenerie. Ab und an erschreckte uns ein tiefes Ächzen, Seufzen und Stöhnen der im Großen und Ganzen noch ziemlich intakten Überreste, ein Quietschen und Schaben der Stahlplatten zwischen dem Gestein oder ein dröhnendes Wumm, wenn eine größere Welle auf den Havarierten traf.

Wenn wir bisher von Schiffswracks gehört oder gelesen hatten, war das eigentlich immer mit der Vorstellung von Abenteuer oder gar Schatzsuche verbunden gewesen. Doch jetzt, im Angesicht dieses Schiffbruchs, kam keine dieser Assoziationen auf. Ein beißender Geruch von sich zersetzenden Farbschichten, Teer und anderen vergammelnden Substanzen wehte uns hin und wieder an und ließ uns, gepaart mit unserer Ehrfurcht, davon Abstand nehmen, „an Bord zu gehen".

Ich – Zeitenwechsel

Diesmal jedoch blieb der Wirbelsturm für mich aus. Kein auch noch so unbedeutender Zyklon weit und breit. Die nordwestlichste Spitze döste ruhig und friedlich unter ihrer sommerlichen Hitzeglocke vor sich hin. Weithin sichtbar, auf der Spitze eines felsigen Hügels, thronte ein gedrungener Leuchtturm. Er war aus Sandstein errichtet worden, hatte allen Stürmen getrotzt und blieb damit ein zuverlässiger Fixpunkt für die Seefahrer. Es war Nachmittag, die Sonne stand jetzt, Ende Dezember und am südlichen Wendekreis des Steinbocks, noch fast senkrecht über mir. Im tiefen Himmelblau, getüpfelt mit ein paar kleinen Schäfchenwolken, segelte ein Keilschwanzadlerpaar in weiten Kreisen und kontrollierte das Geschehen unter sich, stets bereit, sich auf eine erspähte Beute hinabzustürzen. Hier schien die heimische Tierwelt noch in Ordnung. Ein kantiger, rotbrauner Felsbrocken im Sonnenschutz eines hochgewachsenen Sennastrauches lud mich ein, anzukommen, zu rasten und die Umgebung in mich aufzunehmen. Dankbar für dieses Angebot, ließ ich mich nieder, erfreute mich am, wenn auch staubigen, Grün hier in der Runde und genoss den Augenblick. Völlig losgelöst von allem saß ich mit weit geöffneten Sinnen und staunte. Wenig scheue Kängurus ruhten meist lang gestreckt im lichten Schatten von Mulgasträuchern, ein weiß-gelber Kakaduschwarm fiel ohrenbetäubend krächzend in eine Eukalyptus-Baumgruppe ein, um gleich wieder, durch irgendetwas aufgeschreckt, kreischend zu verschwinden. Dadurch ließ sich ein majestätisch heranschreitendes Emumännchen mit seinem Gefolge von fünf Jungvögeln nicht stören. Sie stolzierten, hier und dort etwas aufpickend, unerschrocken dicht an mir vorbei. Neugierig geworden, wer da in seinem Revier zu Gast sein mochte, streckte ein Goanna seinen züngelnden Kopf aus dem Gestrüpp, um sich danach in seiner ganzen, langen Pracht zu zeigen. Ein sandfarbenes Echsenexemplar, übersät mit einer Unzahl weiß-schwarzer Pünktchen, bestimmt eineinhalb Meter lang. Ein Relikt aus der Urzeit musterte mich da, offenbar in Erwartung einer milden Gabe. „Ein Früchtchen wäre nicht schlecht", schien er sagen zu wollen. Doch leider Fehlanzeige bei mir. Gemächlich trollte er sich wieder ins Gebüsch davon. Kleinere Verwandte von ihm, verschiedene Eidechsenarten, huschten auf der Jagd nach Insekten geschäftig hin und her. Egal, wo man auch hinsah, regte und bewegte es sich. Der Tag schritt voran und auf dem „Laufsteg" wurde es nun ruhiger – die „blaue Stunde" setzte für mich ein.

Da traf es sich gut, dass ich einen komfortablen Pool unterhalb des Leuchtturms für mich alleine nutzen konnte, um spielerisch meine Runden zu drehen. Die durch das Salzwasser verminderte Schwerkraft ließ auch meine Gedankenströme leichter und gleichmäßiger dahinfließen. Im Wasser, auf dem Rücken liegend als „Toter Mann", blickte ich in den sich von Blau nach Rot verfärbenden Abendhimmel und war – glücklich. Derweil sandte der Leuchtturm über mir sein für ihn typisch definiertes Leuchtzeichen auf das ruhige Meer. Das trocken-heiße Klima dieser Gegend tat mir gut. Mit seiner ständigen Brise, vom Ozean her wehend, empfand ich es als sehr wohltuend. Morgen wollte ich auch unbedingt in der warmen Bay, etwas südöstlich von diesem Ort, schwimmen und mich von der Strömung

treiben lassen – die totale Entspannung – so stellte ich
es mir vor.

Ich – Am Riff

Mein Traum erfüllte sich am nächsten Tag. Ein blendend
weißer Sandstrand, gebildet aus Korallen, Korallen und
nochmals Korallen. Dazu türkisfarbenes, scheinbar ruhiges, kristallklares Meerwasser an der Oberfläche. Doch
eine tückische Strömung lauerte darunter. Die Sonne
ließ den Sand so heiß werden, dass ich ihn ohne Schuhe nicht betreten konnte. Ich schützte mich vor dieser
unbarmherzigen Strahlung, indem ich mich, vollständig bekleidet, von der starken Drift mitreißen ließ. Ich
erschrak nicht. Vom Hörensagen darauf vorbereitet,
machte es mir keine Angst. Ich würde von da aus ans
nahe Riff getrieben werden, wo mich eine kunterbunte Unterwasserwelt erwartete. Aus dem Staunen kam
ich nun nicht mehr heraus. Diese farbige Formenvielfalt der Korallenbänke und deren lebhaft lebendige Umgebung ließen mich alles Bedrückende vergessen. Derartig Wunderbares hatte ich noch nie vor mir gesehen.
Unglaublich, ich mittendrin in diesem maritimen Theater.
Von neugierigen großen wie auch kleinen, in allen Farbschattierungen und Mustern schillernden Fischen umschwärmt, manchmal leicht gezupft und angestupst
zu werden, als wollten sie mich auffordern, in ihrer
Aufführung mitzuspielen. Als Publikum ein imposanter Manta, der wie ein riesiger Vogel mit ruhigem Flügelschlag an mir im Wasser vorbeischwebte und keinerlei Notiz von mir nahm, sowie eine lebhaft paddelnde Meeresschildkröte. Kleinere Riffhaie lagen un-

beweglich, offensichtlich gelangweilt durch das Theater über ihnen, zwischen verästelten Korallenstämmen. Einzelne prächtige Exoten zeigten sich distanzierter im Hintergrund, wollten aber anscheinend doch bewundert werden, da sie durch verführerisches Fächeln mit ihren bizarr geformten Flossen auf sich aufmerksam machten. Von einer schwarz-weiß geringelten Seeschlange nahm ich selbst in vorsichtigen, gemächlichen Schwimmzügen Abstand und scheuchte dabei einen Oktopus auf, der sich unbeweglich unsichtbar gemacht hatte. Seine Flucht geriet blitzschnell und extrem farbverändernd, dabei hinterließ er eine Tintenwolke zur Vernebelung etwaiger Verfolger. Fast musste ich lachen. Diese Welt hier, knapp unter der Wasseroberfläche, wirkte so stark befreiend, ursprünglich und herzerfrischend. Sie hatte ihre eigenen Spielregeln und faszinierte allumfänglich. Es fiel mir schwer, mich davon loszureißen.

Ich – Traumverlorenes Tänzeln zwischen Trümmern

Noch einmal zog es mich an einen einsamen, naturgewaltigen Ort. Nicht zu dem brachialen Auslöser, dem unsere Beziehung nicht hatte standhalten können, sondern einem anderen, ähnlichen, um ihn in meiner jetzigen Verfassung, mit Abstand, zu erleben und auf mich wirken zu lassen. Ich wollte dem eigentlichen Grund, der uns wie das Wrack des Salzfrachters in zwei Teile hatte auseinanderbrechen lassen, nachspüren und ihn verstehen lernen. Mein bisheriger Weg nach unserer Havarie glich einem traumverlorenen Tänzeln zwischen

Trümmern. Gegenwart und Erinnerungen verwoben sich zu einem Flickenteppich. Meine Schritte führten mich von hier nach dort, zusammenhangslos. Die Route wollte kein mäandernder Fluss mehr werden, schon gar nicht eine Traumreise, so, wie sie ursprünglich geplant gewesen war. Es gab für mich kein vorgegebenes Ziel mehr in dieser Art des Unterwegs-Seins. Mein Weg führte in die Beliebigkeit. So wählte ich aus ihr die Südspitze einer Insel im äußersten Südosten des leeren Kontinents. Sie schien mir ein passendes Symbol für zwei starke, fest miteinander verbundene Teile zu sein. Weit, weit weg von allem. Von ihr, so glaubte ich, würden starke Impulse für mich ausgehen.

Ich – Versuch einer Klärung

Dieses Eiland – eigentlich müsste ich davon im Plural sprechen, denn zwei Teile dieser kleinen Landmassen hingen aneinander, nur durch einen schmalen, langen und leicht gebogenen Landstreifen miteinander verbunden. Eine Halbmond-Bay links, die andere Hälfte rechts davon. Die daran von beiden Seiten zerrende See konnte die beiden Inselteile – Nord und Süd – nicht auseinanderreißen.

Ja, Nord und Süd, das schlechthin Polarisierte, waren selbst in Jahrtausenden oder gar Jahrmillionen an diesem Ort nicht voneinander zu trennen. Der Isthmus bildete ein zu starkes Band. Und wir? Ähnlich zwei Polen mit fragiler Verbindung. Wir Memmen schwächelten allein schon beim Anblick des Aufeinanderprallens zweier Meere, die wir als verfeindete Zentauren sahen. Das lautstarke Krachen ihrer Körper und Schädel bei der galoppierenden Konfrontation, ließ uns, ihr Publikum, getroffen und fast ohnmächtig, einzeln die Arena verlassen.

Wenn wir nicht einmal imstande waren, den Kampf zweier streitbarer Parteien auszuhalten, was konnte denn dann überhaupt noch Bestand haben? Fragen über Fragen. Die beruhigende Natur um mich herum hätte für uns nichts bewirken können. Weder im Guten noch im Gegenteiligen. Sie hätte uns in einem trügerischen Status Quo gehalten. Es wäre nur ein Aufschub gewesen. Wirklich gute Verbindungen müssen deutlich mehr aushalten.

Eine traumverlorene Wanderung durch die lichten Eukalyptus- und Akazienwälder brachte mich wieder auf meinen Weg. Frische Aromen und bunte Blütenbüschel wisperten mir zu: „Hier ist nichts ranzig und abgestanden, hier findet ein lebendiger Wechsel der Jahreszeiten statt."

Von aller Weite aus zu sehen, gab mir ein hoch gebauter, weißer Leuchtturm meinen weiteren Weg vor. Wie ein riesiger Zeigefinger reckte er sich am höchsten Punkt der Küstenlinie in die Höhe und signalisierte den vorbeiziehenden Schiffen: „Hier bin ich, richtet euch nach mir!"

Galt das nur den Schiffen? Bestimmt nicht. Dieser Imperativ gefiel mir, vermittelte er doch auch mir ein Stück Sicherheit. Dahin wollte ich.

Ich – Der Hüter des Leuchtturms

Auf dem Weg dorthin begegnete ich einem eifrig Notizen machenden „Eingeborenen". Halt, nein, bei näherem Hinsehen entpuppte er sich als ein offenbar weit von seinem Herkunftsort versprengter Angehöriger der Maori. Seine Heimat lag noch ein ganzes Stück entfernt auf zwei großen Inseln im Osten von hier. Die Ureinwohner der hiesigen Insel gab es schon lange nicht mehr. Sie waren von den europäischen Eroberern gnadenlos gejagt und ausgerottet worden. Ein trauriges Vergangenheitskapitel, von dem Moreno, so stellte er sich mir vor, erzählte. Klimaforschungen hatten ihn hier stranden und Fuß fassen lassen. Seine Zufriedenheit mit diesem entlegenen Ort schien aus all seinen Poren zu strömen, ja nachgerade seine Haut und Haare zu salben und ihn mit einem fremden Zauber zu umgeben. Hier ruhte ein kraftvoller Mensch in sich. Mit seinem Sein und Tun in vollkommenem Einklang. Diese damit verbundene Ruhe und Stärke war für mich deutlich zu spüren. Wurde ich neidisch? Ganz und gar nicht! Für mich war er in seinem „So-Sein" einfach nur Vorbild, zum Nacheifern höchst geeignet. Könnte ich auch so werden, so unabhängig sein? Diese Gedanken kreisten in mir, gleich einer Spirale, und verengten sich auf einen Punkt: Der Leuchtturm – ich muss hinauf!

Moreno war der Hüter dieser Anlage und nicht nur für sie. Einige seiner Messinstrumente befanden sich in den oberen Turmzimmern und er hatte die Schlüsselgewalt inne. Er wohnte am Fuß dieser Landmarke windgeschützt in seiner Forschungsstation und schien Herr über sich selbst, seine Umgebung und über seine Tätigkeit zu sein.

Ich – Mehr sehen auf dem Leuchtturm?

Er rief mich, ich kam und durfte eintreten. Schraubte mich die gewendelte Treppe hinauf und stand plötzlich am Leuchtfeuer und über den Dingen. Zwei Welten begegneten mir hier. Die bekannte, vielgestaltige lag zu meinen Füßen. Die andere, luftige, breitete sich über mir bis zum Horizont aus – der Linie, an der Unten und Oben aufeinandertreffen. Und ich wusste ebenso, was ich sah, war nicht alles. Dahinter ging es immer weiter und weiter. Diese Sicht, die Übersicht, erregte und beruhigte mich gleichzeitig. Großartigkeit breitete sich nach allen Richtungen vor mir aus. Und ich, Teil des Ganzen, fühlte mich mit einem Mal so winzig, bedeutungslos, geradezu verloren. Eine ganz leise Stimme in meinem Inneren raunte mir zu: „Du bist doch auch ein kleiner Teil dieser Großartigkeit, lebe sie!" Doch – war ich dazu schon imstande? Ich fühlte mich weiterhin so niedergedrückt, erkannte hier oben aber klar, dass Zeit und Distanz hilfreich sein würden.

Wir – Vor Jahren

Vor langer Zeit standen wir einmal am Rand der alten Welt. Genau an dem Punkt, an dem die Seefahrer und Entdecker neuer Kontinente in See stachen. Eine große, begehbare, mit Steinen angelegte Windrose auf dem Erdboden zeigte den Abenteurern die Windrichtungen an und damit ihren Weg in die Fremde. Viel später dann errichteten deren Nachfahren an diesem Punkt der steil abfallenden Küste einen beeindruckenden Leuchtturm. Ein Wunderwerk der Technik zur damaligen Zeit.

Dieses Bauwerk verleitete uns damals dazu, den Leuchtfeuern am Rande der Meere mehr Aufmerksamkeit und Achtung zu zollen. Sie waren und sind es, die den Fahrenden auf allen Meeren Sicherheit und Orientierung geben.

Ich – Zeit und Distanz

Die Erleuchtung auf dem weißen Turm verlangte von mir Zeit und Distanz. Das konnte nur bedeuten, wieder auf heimatliches Terrain zurückzukehren, weg von der Sehnsucht und den Träumen der Ferne – hin zum kalkulierbaren Bekannten. Zwei Extreme, die mich immer wieder hin und her schwanken ließen. Doch der Weg, das große Muss, schien klar: wieder unter Menschen, in Gesellschaft sein. Mich wieder einflechten in verzopfte Muster unserer alles diktierenden Kultur. Das könnte mir wieder etwas innere Stabilität verschaffen – eine Möglichkeit, immerhin. War dafür mein Abstand nicht schon zu groß? Konnte ich überhaupt noch zurück? „Immer diese Einwände, diese Ängstlichkeit – ich hasse mich dafür!" So schalt ich mich und kehrte zu meinen Ursprüngen zurück.

Ich – Oberhalb des nördlichen Wendekreises

Wieder zurück an meinem langjährigen Wohnort angekommen, bestätigte sich einerseits meine „Leuchtturm-Erkenntnis", Zeit und Distanz zu benötigen, andererseits beschlichen mich auch hin und wieder Zweifel. Ich befand mich zwar zu Hause, doch ich fühlte mich nicht mehr daheim. Das Hin-und-Hergerissen-Sein zwischen zwei Polen schwächte mich zusätzlich. War es vor einiger Zeit das Bild des auseinandergebrochenen Wracks gewesen, das mich beherrschte, war es nun die Unmöglichkeit, den komplizierten Strickmustern unserer Gesellschaft zu entsprechen. Das Wiedereinflechten misslang mir gründlich. Die Ferne, das Andere, das Gesehene und Erlebte dort, war faszinierend und erfahrungsstark gewesen. Es hatte mich für das schon immer Gewohnte gründlich verdorben. Mein Horizont hatte sich deutlich erweitert. Und ganz weit dahinter, da wähnte ich einen Platz für mich.

Ich – Rückkehr – Unterhalb des südlichen Wendekreises

Ein Brief brachte den Stein ins Rollen. Er kam aus einer quirligen Hafenstadt an der Westküste des bereisten Kontinents. Die wohlwollenden Freunde von dort schickten mir eine Einladung zu einem Aufenthalt bei ihnen. Geplant sei auch eine mehrstündige Flussfahrt an den, zum Teil sonst unzugänglichen Flussufern entlang. Zu erwarten, aber nicht zu garantieren, seien die Beobachtung der Schwarzen Schwäne, zahlreicher Pelikane sowie eines Flussdelphin-Konvois. Im Kreis einer unterhaltsamen Gesellschaft von Freunden und Bekannten auf der Motoryacht sollte ein gemeinsames „Barbie", ein BBQ, den Abend abrunden. In vorsichtigen Formulierungen merkten sie an, dass auch mein einstiger Partner daran teilnehmen werde.

Zuerst die helle Freude, dann diese Einschränkung. Konnte ich ihm zu diesem Anlass gegenübertreten? Wollte ich das? Tausende von wirren Gedanken kamen und gingen. Ich schlief darüber. Unruhig zwar, aber mit einer klaren Entscheidung beim Erwachen: „Ich werde die Einladung annehmen. Der Begegnung will ich mich stellen. Das bringt mir und uns Klarheit."
Immer einmal wieder, in der kurzen Zeitspanne danach, hinterfragte ich meine Haltung dazu, aber sie war für mich stimmig: Etwaige Zweifel und Hindernisse sollten für die Zukunft ausgeräumt sein. Mein Inneres war in Aufbruchsstimmung. Sie beflügelte meine Wünsche und Träume und trug mich mit ihnen in die Ferne.

Wir – In ruhigeren Wassern

Die Ferne umarmte mich, hieß mich willkommen und ich – ich fühlte mich heimisch. Angekommen. Unser Aufeinandertreffen fiel ungewöhnlich aus. Beherrschten bisher Erinnerungen an Streit, Verletzungen, Abwendung und schließlich Bruch meine Gedanken und Gefühle, war es plötzlich ein positives Wiedererkennen. Ein mir zugeneigter Mensch bemühte sich hier um Befriedung und gab mir damit zu verstehen: „Es tut mir leid!" Unser Grundvertrauen zueinander war sicherlich heftig angeschlagen, aber es war noch vorhanden. So konnten wir, anfänglich etwas schüchtern, aber unverkrampft, gemeinsam und nebeneinander, über die Reling in den Fluss schauen und die uns begleitende Delphinschule beobachten. Gleichmäßig durch das klare Wasser gleitend, verfolgte uns die silbergraue Gruppe. Immer wieder, als würden sie sich gegenseitig dazu animieren, zeigten sie uns durch artistische Sprünge aus dem Wasser ihre metallisch glänzende Schönheit und Lebensfreude. Mit der lärmenden Stimmung und der Musik an Bord wollten sie wetteifern durch lebhaftes Pfeifen, Klicken, Knarren und Quietschen.

Und wir? Hier, unter bekannten Menschen, unverfänglich vereint, genossen wir den besonderen Augenblick in der gemeinsamen Betrachtung. War das ein zarter Neubeginn oder ein freundschaftlicher Abschied? Wir wussten es nicht, ließen es offen und wollten uns Zeit geben. Zeit geben, um uns darüber klar zu werden und zu wissen, was für jeden von uns Sache war.

Zeit war der Ursprung, Distanz die Folge. Geklärt zur weiteren Läuterung, gingen wir wieder auseinander.

Ich – Die Nase im Wind

Befreit von den Lasten der Vergangenheit, folgte ich dem Angebot einer ausgeschriebenen, interessanten Praktikantenstelle. Sie war wie auf mich zugeschnitten mit meinen Neigungen und Voraussetzungen. Und sie versprach, mir Zeit und Distanz auf einer weit entfernten Insel zu gewähren. Zudem war diese mir ganz und gar nicht unbekannt. „Wissen Sie, was ein Sehnsuchtsort ist? Ja? Genau dort liegt er."

Seit einiger Zeit beobachte und messe ich dort pflanzliche Entwicklungen bei Wind und Wetter, kreuze Tabellen an und mache akribisch meine Aufzeichnungen. Bei Fragen wende ich mich an Moreno, den begeisterten Klimaforscher und WG-Partner, oder auch an die kompetente Claire, Rangerin des Nationalparks und mittlerweile auch Freundin. Gemeinsame Erlebnisse unterschiedlichster Art festigten unsere bisherige Gemeinschaft. Die überwältigende Natur um uns herum und unsere Schutzbemühungen für sie tun das Ihrige dazu. Oft frage ich mich, warum so viele, verschlungene Umwege nötig waren, um an diesen erfüllenden Punkt zu gelangen. Es ist wohl die Summe aller Erfahrungen, die uns Einsicht und Erkenntnis bringt und uns zu dem macht, was wir in jenem Augenblick darstellen.

Die scharfkantigsten Trümmerteile habe ich hoffentlich hinter mir gelassen. Meine Träume befinden sich im Aufwind.

Chronik einer Auslöschung

von Kerstin Herzog

15.Dezember 2015, Oberlandesgericht

Urteil im Pianistenmord: Erica E. zu lebenslanger Haft verurteilt!

von Roland Huber

Gestern Mittag kam es am Oberlandesgericht zur endgültigen Verkündung des Strafmaßes im Prozess gegen Erica E. Die 35-jährige Illustratorin hatte am 18. April diesen Jahres den bekannten Pianisten Elias Seynstahl, welcher sich gerade auf einer Europa-Tournee befand, in seinem Hotelzimmer aufgelauert und ihn erschossen. Zu den näheren Umständen der Tat wollte sich Erica E. nicht äußern, hatte aber bei ihrer Festnahme zugegeben, Elias Seynstahl mit fünf Schüssen niedergestreckt zu haben. Sie machte zu keinem Zeitpunkt einen verwirrten Eindruck und auch der bestellte Gerichtspsychiater Prof. Dr. Papenburg bestätigte der Angeklagten volle Zurechnungsfähigkeit. Richter Schneider zeigte wenig Verständnis für das fortwährende Schweigen der Beschuldigten und führte einen formal korrekten, kühlen Prozess. Der Pflichtverteidiger Jürgen Keller mühte sich redlich, konnte das Schweigen der Angeklagten jedoch nicht brechen. Die Motive der Täterin blieben im Dunkeln und Richter Schneider verhängte dementsprechend das höchste Strafmaß, da er Mord aus niedrigen Beweggründen nicht ausschließen könne. Ihre Strafe wird Erica E. in der JVA Aichach verbüßen.

Er ließ die Zeitung sinken und griff nach seinem Kaffeebecher. Erica also. Die schöne Erica Esslin. Eine Mörderin ist sie also geworden, dachte er. Nicht gerade das, was er von ihr erwartet hatte. Er erinnerte sich genau an Erica aus der 12 b, an ihren hölzernen, majestätischen Gang, die langen, schwarzen Haare und besonders an die glitzernden, hellgrünen Augen unter dem Fransenpony. Immer in Schwarz, immer einen Tick zu dünn, zu nervös. Die konnte einen anschauen, das einem der Boden unter den Füßen wegbrach. Hat nicht viel gesagt, die Erica, nur geschaut. Und jetzt schaut die mit diesen Augen durch Gitterstäbe in die Welt. Nicht zu fassen!

Paul, sein Schulfreund, hatte ihn letzte Woche in ihrer Stammkneipe auf den Prozess aufmerksam gemacht, hatte ihm wortlos die Zeitung hingeschoben und auf den Bericht gedeutet, bevor er sich ein Weizen bestellte hatte. Er las den Artikel noch einmal. Aha, die hat also auch im Gerichtssaal nicht geredet. Er pfiff anerkennend durch die Zähne. Das muss man erstmal bringen. Er grinste breit und griff zum Handy. Irgendwo hier war doch die Nummer von dem Huber. Da! Er lauschte dem Läuten.

„Huber." Harsch knarrte der Bass durch den Hörer.

„Matthias Graf hier, von der Abendpost. Grüß dich, Huber. Ich hab grad deinen Artikel über den Pianistenmord gelesen. Sag' mal, gab's da Indizien oder Gerüchte, warum die Esslin den erschossen hat?"

Schweigen am anderen Ende.

„Huber?"

„Ja, wenn es 'ne Story abgegeben hätte, würde ich die selbst schreiben! Verstehste! Ich sitz' mir doch da nicht den Arsch platt, damit jemand anderes den Reibach macht!" Der Huber kam in Fahrt.

„Komm schon. Wenn ich was rausfinde, erfährst du es als Erster", schob er rasch ein.

„Da gibt's nix!" Hubers Stimme überschlug sich. „Die Esslin hat kein Sterbenswörtchen gesagt. Den ganzen Prozess lang nicht. Hat vor sich hingestarrt und das Maul nicht aufgekriegt. Der Staatsanwalt, dieser dürre Rothaarige, den kennst du auch, wie heißt der?" Huber schnaufte ins Telefon.

„Niessner", half er aus.

„Genau, der. Was glaubst du, wie der die Esslin attackiert hat. Mann, da hat sogar der Richter eingegriffen. Alles hat er versucht auseinanderzunehmen, der Niessner, ihr gesamtes kleines Spießerleben! Die ist aus gutem Hause, musste nicht glauben, dass die aus dem Prekariat kommt. Eltern besitzen eine schöne Villa, Vater hat 'ne Hausarztpraxis, Mutter Galeristin oder so. Hat ein ganz gutes Abitur gemacht, dann studiert, erst Kunst, später Illustration. Mäßig begabt, aber konnte einigermaßen davon leben und den Herrn Papa gab es ja auch noch. Die hat ein paar nette Reisen gemacht, da kann unsereiner nur davon träumen. China, Japan und Mongolei, Kasachstan, Usbekistan, dann die Seidenstraße, lauter so ein abgefahrener Quatsch. Aber bis auf die Reisen ist da nichts Besonderes gewesen."

„Freund?", hakte er schnell nach.

Huber holte tief Luft. „Nee, also 'nen festen Freund hatte die nicht. Es war nichts herauszubekommen. Die Eltern wussten nichts und ihre zwei besten Freundinnen auch nicht. Waren alle vorgeladen. Es ließ sich auch keine Verbindung zu dem Seynstahl herstellen. Die hatte zwei zehn Jahre alte CDs von dem bei sich daheim, aber nichts Neueres. Keine Bilder von ihm auf dem Computer, hat nie seine Homepage aufgerufen. Zumindest nicht von ihrem Computer daheim aus. Haben die Kriminaler alles kontrolliert."

„Hat jemand den Seynstahl überprüft?" Seine Neugierde war endgültig geweckt.

„Na ja, der ist ja tot. Das Opfer. Die Eltern sind hornalt. Ich glaube sogar, der Vater lebt nicht mehr und die Mutter ist dement. Der Seynstahl hatte nur seine Musik, soweit ich weiß. Ich hab' mit dem Philipp vom Feuilleton gequatscht, der hat ihn einmal nach einem Konzert getroffen, letztes Jahr oder so. Ganz ein arroganter Arsch muss das gewesen sein, sagt der Philipp."

„Mehr nicht?" Enttäuscht spielte er mit seinem Feuerzeug.

„Nicht viel mehr. Paar Frauengeschichten, nichts von Bedeutung, wie die Herren Künstler eben so sind. Hatte 'ne Wohnung in Hamburg und eine in Manhattan. Typ Einzelgänger."

„O. K., Huber, gab es Gerüchte oder Spekulationen über das Motiv?"

„Wenig. Die meisten haben eine enttäuschte Liebe angenommen. Das war es jedenfalls nicht, das wurde klar im Prozess. Da gab's irgendwie keine Verbindung zwischen den beiden. Nichts, was diese Tat erklären könnte."

„Danke, Huber. Ich hänge mich rein, wenn ich was rausfinde, rufe ich dich an", versprach er und legte auf.

Am späten Nachmittag bog er mit seinem dunkelblauen Golf in die Kastanienallee ein, hielt vor der Nummer 16, stieg leichtfüßig aus und sah sich um. Schöne Wohngegend, weiße, quadratische Einfamilienhäuser und exakt aufeinandergewürfelte Eigentumswohnungen. Am Reißbrett entworfen, nicht über drei Geschosse hinausgehend. Nur der Pöbel muss sich weit über den Schmutz der Welt erheben und wohnt zwanziggeschossig, dachte er, sonst ist es nicht zum Aushalten. Diejenigen, die hier wohnen, in dieser Gegend, zu denen kommt das Schmutzige gar nicht erst, das Elend dieser Welt. Hier ist der Schmutz eher innerlich. Er drückte auf die Klingel. E. Esslin. Der Summer ging fast sofort an und öffnete ihm die Tür. Oben empfing ihn eine große Platinblondine, dürr, mit schweren Ringen an den Fingern.

„Veruschka Esslin", stellte sie sich vor und trieb ihn mit einer herrischen Handbewegung hinein.

„Matthias Graf von der Abendpost. Wir hatten telefoniert?" Mit der rhetorischen Frage huschte er in die offene Galeriewohnung, die in warmes Herbstsonnenlicht getaucht war. Helle Möbel, offene Küche, alles enorm steril und großräumig.

„Kaffee?" Die Stimme von Ericas Mutter klang rauchig.

„Gerne." Er ließ sich in das tiefe Sofa fallen, von welchem aus man einen weiten Blick über die Terrasse auf die oberen Etagen und Dächer der umliegenden Häuser hatte.

„Kannten Sie den Seynstahl?" Er betrachtete vom Sofa aus Ericas Bücherregal. Ziemlich viele Bücher, wahrscheinlich alphabetisch geordnet, so, wie das hier aussah.

„Nein, mein Mann und ich waren vor Jahren mal auf einem Konzert. Ich glaube, Erica war dabei. Wir kennen seine Musik, aber ihn persönlich, nein. Das Vergnügen hatten wir nie." Elegant positionierte sie sich auf der gegenüberliegenden Sofaseite. Er musterte sie genauer. Ihren Hals zierte der typisch hängende Hautlappen untergewichtiger Frauen über sechzig, der exakt wie ein Messer Kehlkopf und Kinn verband, doch ansonsten verkörperte sie die typische Eleganz disziplinierter High-Society-Katzen jenseits des Klimakteriums.

„Eine meiner Kundinnen kannte ihn persönlich, den Seynstahl. Er muss ein überaus charmanter und unterhaltsamer Mann gewesen sein, gutaussehend noch dazu." Mit einer kleinen, aparten Bewegung setzte sie ihre Kaffeetasse ab. Er kniff die Augen zusammen. Charmant und unterhaltsam also.

„Ich habe versucht, mit Erica zu reden, es zu verstehen, aber sie sagt nichts, das Kind sagt einfach nichts dazu. Da konnten die besten Anwälte nichts ausrichten. Ich verstehe es einfach nicht." Die Augen von Veruschka Esslin senkten sich und es entstand eine drückende Pause.

Er nippte an dem Kaffee. „Haben Sie eine Idee oder eine Vermutung?"

Die Esslin schüttelte ihren akkuraten Pagenkopf. „Die haben hier alles durchsucht, wirklich alles, jedes Staubkorn zweimal umgedreht, wenn man so will. Nichts so belassen, wie es war. Ich hab' dann aufgeräumt und nochmal alles angesehen, und nein, ich habe keine Idee. Sie können glauben, dass ich mir nächtelang das Hirn zermartert habe, Schlaftabletten muss ich nehmen, meine Galerie hatte ich zeitweise geschlossen. Unsere Familie belastet das Ereignis so sehr, dass wir manchmal nicht weiterwissen. Nicht wissen, wie wir den nächsten Tag überstehen können." Sie brach ab.

„Ich kenne Erica noch aus der Schule …", begann er. „Ich versuche, etwas herauszufinden über die Hintergründe, vielleicht kann ich auch Ihnen und Ihrer Familie helfen. Vielleicht kommt bei der Recherche etwas heraus. Außenstehende haben oft einen unverbauteren Blick als die nächsten Angehörigen …" Er sah sie abwartend an. Die große Frau nickte langsam, fast abwesend legte sie einen Schlüsselbund auf den Tisch.

„Der hier ist morgen früh im Briefkasten unten. Haben Sie mich verstanden?" Dann erhob sie sich, warf einen prüfenden Blick auf ihn und meinte achtlos: „Ich habe noch einen Termin, falls Sie etwas finden, rufen Sie mich an und vielleicht können Sie damit etwas anfangen." Sie deutete auf eine Schuhschachtel in der Ecke. „Ich kann es nicht. Erica muss sie vor einigen Monaten in unserem Keller deponiert haben. Ich habe sie gefunden, habe aber nicht die Kraft, mich damit zu beschäftigen." Sie verstummte und räumte ihre Sachen zusammen. Die Tür fiel nach wenigen Minuten hinter ihr ins Schloss. Verblüfft betrachtete er den Wohnungsschlüssel auf dem Glastisch.

Die nächsten Stunden verbrachte er damit, Ericas Computer und ihren Schreibtisch zu inspizieren. Er unterdrückte das Gefühl der Scham, das er verspürte, dieses Ziehen im Magen, versuchte, sich auf das zu konzentrieren, was er suchte. Irgendeinen kleinen Hinweis, etwas, das ihm weiterhalf. Mit jeder Schublade wurde ihm unwohler, natürlich hatte er das Einverständnis der Mutter, doch Erica war nicht tot, alles hier gehörte ihr. Die weiße Leinenbettwäsche im Schlafzimmer, die schwarzen, hochhackigen Winterstiefel neben der Tür, und als er den Schrank mit ihren Kleidern öffnete, strömte Lavendelgeruch auf ihn ein. Vermutlich hat eine Mörderin keinen Anspruch auf Privatheit. Er ließ sich auf das Bett sinken und sah sich im Schlafzimmer um, ließ seinen Blick über weitere Bücherregale schweifen, eines mit Fotoalben und eines mit blauen und roten Kästen, bis hin zum Fenster, das mit schweren Damastgardinen verhangen war. Es gab nirgendwo einen Fernseher, stellte er fest, und kein Festnetztelefon. Erica hatte offensichtlich nur ihr Mobiltelefon und ihr Laptop genutzt. Er griff sich den Schuhkarton. Disketten, alles voller alter Disketten. Wer hatte denn noch so was? Und warum bewahrte Erica die auf? Wahllos zog er fünf Disketten heraus und legte den Kasten beiseite, um sich die Fotoalben anzusehen.

Erica als Grinsebaby, Erica lachend im Kindergarten, an der See, nackt Sandburgen bauend, die Zunge frech herausgestreckt, Erica auf einem Pony, quietschend beim Kindergeburtstag, mit der Torte, mit einem kleinen Hund, mit den Eltern und Großeltern, Erica zum Schulanfang mit Schultüte stolz lächelnd, Erica selbstbewusst im gestreiften Badeanzug mit dem ersten Schwimmabzeichen,

Erica ernst in den Bergen, Erica mit Tennisschläger, mit dem ersten Auto, beim Schulball, Erica, die Schöne, mit Kommilitonen vor der Mensa, Erica auf einer Pyjamaparty, Erica mit einem Freund in Italien, Erica mit Freundinnen in Barcelona, Ericas Geburtstagsparty, die war schon in dieser Wohnung hier. Er las das Datum. Zehn Jahre war das her. Er blätterte weiter. Erica im Winter mit ihren Eltern vor der Oper, das Gesicht schmal, die Augen unnatürlich groß. Erica im Sommer in Kasachstan, in der Mongolei auf einem Kamel, in China vor der großen Mauer, vor einem thailändischen Tempel, in Angkor Wat. Er blätterte schneller, doch die Bilder änderten sich nicht mehr. Nur Erica, dünner werdend und allein vor irgendeinem Tempel oder in einer Landschaft. Weit weg. Sehr weit weg. Er blätterte die anderen Alben durch, dann zurück zu dem Partyfoto. Die Geburtstagsparty. Weiter zur Oper im Winter. Zurück. Vor. Zurück. Vor. Dazwischen lagen siebzehn Monate.

Er sah nochmals alle Fotos davor und danach an. Sah ihr glückliches Lachen auf der Party und das verschreckte Gesicht vor der Oper. Das war die gleiche Person. Das war Erica und doch wieder nicht. Er klappte das Album zu, stellte es auf seinen Platz, steckte die Disketten in seine Manteltasche und verließ die Wohnung. Den Schlüssel warf er unten in den Briefkasten. Draußen schlug ihm beißend kalte Novembernachtluft ins Gesicht. Was hatte Huber gesagt? Die Freundinnen waren auch vorgeladen gewesen? Er rief Ericas Mutter an, um ihr zu danken und sich nach den Freundinnen zu erkundigen. Ariana Hock und Talea Lutter. Der Anrufbeantworter der Lutter informierte ihn Minuten später, dass sie sich bis auf Weiteres im Ausland befände und sich der geschätzte Anrufer gedulden solle. Keine Nummer und keine Möglichkeit, eine Nachricht zu hinterlassen. Bei Ariana Hock hatte er mehr Glück und verabredete sich mit ihr für den nächsten Vormittag im Café Jülich.

Sie kam fünfundzwanzig Minuten zu spät, sah aus wie eines dieser Filmsternchen, deren Glühen eine Saison nicht überdauert – ein typisches It-Girl mit langen, weißblonden Haaren, zu viel Make-Up und U-Boot-Schlauchlippen.

„Matthias Graf? Von der Zeitung?", quiekte sie. Als er nickte, beugte sie sich zu ihm herunter und küsste ihn flüchtig auf die Wange, wie einen altvertrauten Freund. Eine süßliche Parfümwolke aus Vanille und Jasmin klebte an ihr, die ihm fast den Atem verschlug.

Nachdem sie ein Craft-Bier bestellte hatte, erzählte sie ihm, dass sie die Erica auf einer Party kennengelernt hätte. Vor acht Jahren sei das gewesen, und die Erica war ihr sofort aufgefallen, die hatte sowas Geheimnisvolles und Unnahbares. Alle Jungs die sie, Ariana, kannte, standen auf die Erica, doch die wollte keinen. Komisch nicht? Aber sie hatte sich darüber irgendwann keine Gedanken mehr gemacht, vielleicht hatte die Erica irgendeinen Lover, einen verheirateten oder so, denn manchmal war sie für Wochen verschwunden, meldete sich nicht und war nicht zu erreichen, um dann einfach so, als sei nichts gewesen, wieder im Club zu stehen. Erzählt hatte die Erica nie viel, die hatte ja so Bücher und so illustriert, manchmal hatte sie was darüber erzählt, und ja, ein paar Mal war sie, Ariana, auch in der geilen Bude von ihr gewesen, hatte man einen dollen Blick über die Dächer, war der Hammer, und ja, großzügig war die immer, die Erica. Hatte immer alle eingeladen, die mit ihr durch die Nächte zogen. Die Klamotten von der Erica waren immer neu, ganz teuer, das konnte sich doch keiner einfach so leisten. Manchmal hatte sie mit irgendeinem Typen geknutscht, selten war das, meist wenn sie richtig besoffen war, hatte aber ihres Wissens nie einen mit heimgenommen. Und jetzt hatte die einfach so einen Klimperheinzen erschossen. Ariana Hock flatterte ungläubig mit ihren künstlichen, extra langen Wimpern. Also, ein bisschen verrückt war die schon, die Erica, aber so was?

„Kannte sie den Seynstahl, hat sie da mal was erwähnt?", unterbrach er ihren Redefluss. Ariana schüttelte das sorgfältig blondierte Haupt. Nee, also das wüsste sie, den hatte die Erica nie erwähnt, aber die hatte 'nen Tick, die Erica, das hatte sie, Ariana, jetzt so nicht bei Gericht erzählt, hatte ja keiner danach gefragt. Sie beugte sich samt ihrer Parfümwolke vertraulich zu ihm herüber und legte ihre pinkfarben maniküre Hand auf seinen Arm. Die hatte so 'ne Art Verfolgungswahn, flüsterte Ariana, hatte ständig ihre Handynummer gewechselt, hatte auch nie ein Handy dabei, hatte immer gesagt, das ist wie ein Peilsender, jeder kann sehen wo du bist, und hören, was du sagst, weil ja ein Mikrofon dran ist. Ariana tippte sich an die Stirn. Wer sollte denn so was machen? Hatte auch fünf Jahre gedauert, bis sie, Ariana, wusste, wo die Erica wohnte, die hatte jedem misstraut, jedem, und vielleicht hing das auch mit ihrem Klinikaufenthalt zusammen, damals.

Er wurde hellhörig. Und ja, hechelte das Blondchen weiter, das hatte die Erica am Anfang mal erwähnt, dass sie in den letzten Jahren zweimal in einem Sanatorium war zur Erholung, na, vielleicht war die öfter, wenn sie immer nicht da war, vom Erdboden verschluckt, das hatte im Gericht keinen interessiert, war doch zu komisch. Sie sah ihn mit ihren schwarzgeränderten Kuhaugen fragend an. Er nickte zustimmend. Ob sie noch was wüsste, was in dem Fall interessant sein könnte?

Ariana schluckte kurz und er konnte sehen, wie es in ihr arbeitete, bevor es schwallartig aus ihr herausbrach, dass sie schon noch was wüsste, aber das dürfe er auf keinen Fall schreiben. Er musste es versprechen, was an Blödheit nicht zu überbieten war, aber er versprach es, sah dabei verstohlen auf seine Handyuhr.

Na, die hatte halt auch gekokst, was ging, offenbarte Ariana, aber das hatte sie im Gericht nicht sagen können, weil sie sich damit selbst belastet hätte. Erstaunt zog er die Augenbrauen nach oben. Was hatte die Erica? Gekokst was ging?

Ariana kicherte nervös, ja die hatte sich so was von weggeballert jeden Abend, also, wenn sie aus war, das war so, als wolle sie irgendwas vergessen, sie, Ariana, kenne das auch, wenn halt mit 'nem Typen Schluss ist oder so, geht's halt einfacher mit dem Schnee. Die Erica aber war schon verloren, bevor sie sich kennenlernten, das wisse Ariana genau. Da war eh nichts mehr zu machen, so was siehste an den Augen, die hatten immer so einen Schleier, die war einfach nie ganz da, immer abwesend.

„Woher hatte sie das Koks?", fragte er. Ariana rollte entnervt mit den Augen, ja, woher wohl. Er nickte, winkte nach dem Kellner.

Auf dem Weg nach Hause besorgte er sich noch ein externes Diskettenlaufwerk und setzte sich dann mit einem Weißbier an den Computer. Die Diskette enthielt mehrere Dateien, offenbar chronologisch geordnet, er öffnete die erste vom 26. Januar vor neun Jahren.

Tagebuch, 26. Januar
Die Leute, denen ich begegne, kommen mir merkwürdig unschuldig vor. Naiv. Ich lebe mit etwas Unaussprechlichem in mir.

Tagebuch, 30. Januar
Heute bin ich von der Agentur heimgeradelt und plötzlich wurde aus einem dunkelgrauen Kastenauto eine Wodkaflasche geworfen, die neben mir am Boden in tausend Scherben zerbrach. Es war 17:00 Uhr am Nachmittag. Ich konnte niemanden in diesem Auto erkennen, aber es saß nur eine Person drin. Soll das ein Zufall sein?

Tagebuch, 23. Februar
Ich arbeite ziemlich viel. In der Agentur und an meinem Bildband mit Texten. Die Bilder sind wirklich ganz gut geworden, die Texte von Hiroshi auch. Manchmal telefoniere ich. Mit ihm und neuerdings auch mit Ariana. Mein schlechtes Gewissen verbanne ich ins hinterste Eck meiner Hirnzellen. Es nützt nichts. Ich habe keine Wahl oder ich vereinsame vollkommen. Natürlich hat sich mein Leben jetzt nicht nur innerlich, sondern auch äußerlich geändert. Ich habe Freundschaften verloren, Beziehungen verloren, gehe andere Wege, lerne Leute wie Hiroshi oder Ariana kennen, nehme Drogen. Das kann ich sicher sagen, vieles von dem hätte nicht stattgefun-

den ohne ihn, aber ist es deswegen schlechter? Ist das, was ich jetzt erfahre, schlechter oder nur wahrhaftiger? Was es auch mit mir macht? Die Erfahrung mit der Angst, gut, auf die kann ich verzichten, aber wenn man so auf sich selbst zurückgeworfen wird, hat diese Erkenntnis, dieses Kennenlernen der eigenen Person und der eigenen Strategien unter extremen Umständen, hat das nicht auch eine Bedeutung? Vielleicht eine positivere als gedacht? Und sehe ich nicht die Leute, das ganze Gefüge der Gesellschaft jetzt sehr viel differenzierter als vorher? Ich bin nun in der Lage, sehr gut zwischen den Menschen zu unterscheiden, Menschen überhaupt einzuschätzen, nach ihrer Loyalität und ihrer Aufrichtigkeit, und ich habe gelernt, ich habe überhaupt sehr viel gelernt über Menschen. Nicht nur über ihn.
Aber ich bin allein. Das ist eine Tatsache. Allein mit ihm.

Tagebuch, 2. Mai
Ich fange an, zu schreiben, weil ich nicht mehr reden kann, ich muss die Sache mit ihm aber erzählen, sonst werde ich verrückt. Ich bin einsam geworden mit ihm. Er hat ungefähr ein halbes Jahr dafür gebraucht. Er sitzt vermutungsweise seit Oktober in meinem Computer. Seit unserem Zusammentreffen. Er hat mir einen Trojaner geschickt und das gesamte Netz der Agentur gehackt. Im Januar hat er sich dann sozusagen offenbart.
Ich hatte einen Nervenzusammenbruch.
Ich habe mir vorgenommen, nicht mehr zu reagieren.
Er braucht mich. Für was auch immer.
Ich habe ein bisschen Zeit benötigt, um zu begreifen, dass er vierundzwanzig Stunden am Tag bei mir ist. Oder sein kann.

Er sitzt im Telefon.
Vorzugsweise im Handy. Er hört meine Gespräche mit.
Alle.
Hört mich reden. Zu Hause und in der Agentur.
Ich bin nie mehr allein.
Die Konsequenz ist: Ich bin total allein.
Wer glaubt einem das?
Ich habe einen Tag damit verbracht, mir auszureden, dass man durch Computer SEHEN kann. Ohne integrierte Kamera. In der Agentur.
Ich musste andauernd auf Toilette rennen, weil mir unkontrolliert die Tränen liefen.
Und jetzt ist er hier. Hier in meiner Stadt. Geht in meine Wohnung, wenn ich nicht da bin.
Verändert Dinge.
Es gibt die Welt da draußen, aber hier gibt es die andere Welt.
Ich darf ihm nicht so viel Macht über mich geben!

Tagebuch, 4. Mai
Versuche, mir das nervöse Herumschauen abzugewöhnen. Bewusst nicht mehr nach Fahrzeugen zu spähen, in Menschenansammlungen nicht mehr alle Leute zu inspizieren, mich nicht mehr ständig umzudrehen. Ich versuche, gleichgültig zu sein.

Tagebuch, 25. Mai
Es ist gesellschaftlich nicht üblich, dass jemand als „Schatten" mitlebt. Es ist nicht die Norm. Es ist nicht die gesellschaftliche Norm. Was aber, wenn sie es wäre?
Dann wäre das, was mir passiert, nicht der absolute persönliche Supergau, sondern Norm. Ist es also nur das ge-

sellschaftliche Empfinden, was es so unerträglich macht? Und wo ist der Unterschied, ob ein Mann mich jahrelang anruft und Freizeit mit mir verbringen will, mich still anhimmelt oder wie mein Exfreund Ben, der damals einfach ins Nachbarhaus zog? Was unterscheidet diese Männer letztendlich von ihm im Ansatz, außer, dass sie sich in der Norm befinden? In dem, was man mit dem Verstand toleriert. Gelernt hat, zu tolerieren.

Tagebuch, 28. Juni
Ich habe zu fast niemandem mehr Kontakt außer zu Talea, meiner Mutter und Ariana, den Typen aus den Clubs. Ich fahre in die Agentur und gehe nach Hause. Telefoniere nicht, schreibe keine privaten Mails und „vergesse" häufig mein Handy zu Hause. Immer häufiger. Alles kommt mir vor wie ein Verrat an den Menschen, die ich mag, und ein Ausverkauf meiner Person. Ich bin nackt.

Tagebuch, 24. September
Habe von ihm geträumt. Wir waren auf einem Konzert oder einer Party. Haben nicht miteinander gesprochen. Aber wir hatten beide die gleichen Artistenkostüme an, wie im Zirkus. Mal beide rot, mal beide grün.

Er las die restlichen Einträge, sah alle Disketten durch, fluchte vor sich hin und fand keinen Namen. Wer war der ominöse Typ, von dem sich Erica verfolgt fühlte? Oder war das nur ein Hirngespinst? War es am Ende Seynstahl, und das hier, dieser erbärmliche Diskettenhaufen, war der Schlüssel, die Erklärung für Ericas Tat?

Er schnappte sich seinen Autoschlüssel und rief von unterwegs den Huber an, berichtete ihm kurz von seinem

Verdacht und erbat sich die Adresse von Seynstahls Eltern, wenn möglich auch alle anderen Anschriften von Seynstahl selbst. Huber diktierte ihm die Adresse der Mutter, ein Seniorenstift, und sandte noch eine SMS mit den Anschriften der beiden Wohnungen Seynstahls, die eine in Manhattan, die andere in Hamburg. Beide standen in einem Immobilienportal für Millionen zum Verkauf.

Zweieinhalb Stunden später bog er auf ein herrschaftliches Anwesen ein, an dessen Ende ihn ein weißer, klassizistischer Bau mit opulenter Außentreppe erwartete. Er parkte direkt davor, drückte dem herbei eilenden Livrierten den Autoschlüssel in die Hand und sprang behände die Freitreppe hinauf. Im Gebäude empfing ihn eine Mischung aus scharfen Putzmitteln, alten Teppichen, abgestandenem Essen und vor ihm eine kleine, zerbrechliche Weißhaarige, auf einen Stock mit goldenem Knauf gestützt.

„Der Empfang ist dort drüben!", belehrte sie ihn ungefragt. Eilfertig folgte er ihrem Fingerzeig zur Rezeption. Der eingemeißelten brünetten Freundlichkeit erklärte er, dass er gerne Sofie Seynstahl besuchen würde. Wer er denn sei? Er räusperte sich und entschloss sich, „ein guter Freund von Elias" rauszuhauen. Die Hausdame griff zum Telefon und kurze Zeit später öffnete sich die Lifttür.

„Sofie Seynstahl." Die alte Dame hielt sich kerzengerade, als sie ihm ihre kühle, weiße Hand entgegenstreckte.

„Matthias Graf." Er nahm ihre Hand und hielt sie einen Augenblick zu lange in der seinen. Ein überraschter Blick aus Sofie Seynstahls eisgrauen Augen traf ihn. „Mein Beileid!", fügte er noch schnell hinzu.

„Sie kannten meinen Sohn?" Sie wandte sich einer großzügigen Sitzgruppe vor einem leise prasselnden Kamin zu. „Woher?"

Er setzte sich umständlich, um Zeit zu gewinnen, bestellte bei der dienstbeflissenen Angestellten einen Tee und sah sich offensiv interessiert um.

„Eine Residenz für den dritten Lebensabschnitt, man sagt heutzutage nicht mehr Senior oder einfach Alte." Die Seynstahl kicherte in sich hinein. „Als ob das etwas ändern würde. Am Tod. Am hundselendlichen Verrecken. Das trifft Gott sei Dank alle irgendwann, nur hier geschieht es stilvoller. Meinen manche." Sie lachte wieder, diesmal zu künstlich. „Mein Sohn hatte keine Freunde! Es gab niemanden, zu dem er einen näheren Kontakt hatte, er war ein Soziopath, und nun will ich wissen, wer Sie sind!"

Er war zu verblüfft für eine Lüge. „Nun, ich bin ein alter Schulfreund von Erica. Sie werden wohl den Prozess verfolgt haben, nehme ich an?" Er sah sie forschend an, doch Sofie Seynstahl saß bewegungslos auf dem Diwan, verzog keine Miene. „Ich, die Eltern und Ericas Freunde würden gerne wissen, was wirklich passiert ist. Verstehen Sie? Wir können einfach nicht glauben, dass Erica einfach so aus dem Nichts heraus jemanden erschossen hat." Er schwieg. Die alte Dame löste sich aus ihrer Erstarrung und nippte unendliche Minuten an ihrem Tee.

„Wenn man alt ist, kann man sich Wahrhaftigkeit leisten, und ich bin sehr alt." Sie verzog ihren Mund zu einer bitteren Grimasse und richtete sich gleichzeitig auf. „Elias war kein Mensch, den andere Leute mögen. Es gab nicht so viele, die ihn mochten. Im Grunde genommen vielleicht niemanden. Ich weiß es nicht. Er war ein schwieriges Kind, ein sehr ungezogenes Kind, passte sich nicht an, zu intelligent und kriminell. Die Musik gab ihm innerlichen Halt, glaube ich. Sicher bin ich da nicht. Da war er begabt, wurde hofiert, übertalentiert, konnte sich Unverschämtheiten leisten. Er fand nie das rechte Maß anderen gegenüber, verstehen Sie, er war vernichtend oder überbordend, aber immer von allem zu viel, so zu viel, dass er alle überforderte. Er wirkte unentwegt, als wäre er auf einer Bühne, auch im Privaten. Nichts war echt. Alles eine Rolle. Ich glaube, er hatte sich schon lange verloren." Erschöpft sank sie zurück.

„Hat er Erica mal erwähnt?", fragte er nach.

„Nein, es waren manchmal Frauen bei ihm, aber diese Frauen waren genauso wenig echt wie er. Ich war einmal bei Gericht, habe die Mörderin meines Sohnes ansehen wollen, die, die ihn gerichtet hat, und die war sehr echt. Die war das Gegenteil von Elias. Sie war sein Typ Frau, von früher weiß ich das noch. Ziemlich genau. Im Übrigen haben wir wenig über seine Frauen geredet, er hatte keinen Zugang zu Gefühlen oder zu seinen Gefühlen, wie ich schon erwähnte. Das war früher im Internat schon so. Wir hatten ihn erst auf ein gemischtes in die Schweiz geschickt, mussten ihn dann aber wegen einiger Vorfälle auf ein reines Jungeninternat wechseln."

„Was waren das für Vorfälle?"

„Nun, er war unsterblich verliebt in ein Mädchen, übrigens mit einer unverkennbaren Ähnlichkeit zu Ihrer Schulfreundin, hat Wanzen und ähnlichen Quatsch in ihrem Zimmer installiert. Sie wohl heimlich beobachtet, was halt technikverliebte Jungs so machen in dem Alter." Sie winkte müde ab. „Sie hat ihm ein bühnenreifes

Ende beschert, Ihre Freundin da. Die sitzt jetzt den Rest ihres kümmerlichen Lebens in einer Zelle dafür. Ich denke, er hätte ihr Applaus geklatscht und gelacht." Abrupt stand die alte Dame auf. „Es ist genug geredet, Herr Graf oder wie auch immer Sie heißen mögen! Leben Sie wohl."

Sie gab ihm nicht noch einmal die Hand, sondern drehte sich erstaunlich geschwind um und verschwand im Lift.

Auf der Heimfahrt rief er erst den Huber und dann Ericas Mutter an, fragte sie, ob er noch einmal in Ericas Wohnung dürfe. Er fuhr gar nicht erst nach Hause, sondern gleich in die Kastanienallee, angelte im Pflanzkübel neben dem Eingang nach dem Umschlag mit dem Schlüssel. Oben in der Wohnung ließ er das Licht ausgeschaltet, tapste in Strümpfen an die bodenlange Fensterfront, die den Blick auf die Dachterrasse und zu den umliegenden Häusern freigab. Die Nacht brach herein und die Fenster gegenüber wurden warm erleuchtet. Nach einer Weile holte er sich einen Stuhl, blieb an seinem Platz sitzen und beobachtete, wie die Lichter nach und nach verloschen, ein Einzelnes mal wieder anging, um gleich darauf erneut von der Nachtschwärze verschluckt zu werden. Er kritzelte und zeichnete auf seinen Notizblock, am Ende blieben elf Fenster übrig. Elf Fenster, in denen niemand Licht gemacht hatte. Natürlich konnten die Leute verreist sein oder im Krankenhaus oder, oder, oder, aber eine klitzekleine Möglichkeit blieb, dass er einen Treffer gelandet hatte. Er stellte den Stuhl zurück und verließ Ericas Wohnung. Unten auf der Straße versuchte er, anhand der Klingelschilder, Namen zu den unbeleuchteten Wohnungen herauszufinden.

Wahrscheinlich waren es drei Wohnungen. Sicher war er nicht. E. Schütze, Fam. Kröger, Fritsch und eventuell Inka Maywald. Er schrieb sich die Namen auf und beschloss, in der nächsten Nacht noch einmal sein Glück zu versuchen.

Doch schon am folgenden Nachmittag schlenderte er wieder die Kastanienallee entlang, betrat unauffällig hinter einer älteren Frau das Haus mit dem Namen Fam. Kröger neben E. Schütze. Zielsicher stieg er die Treppen ins Obergeschoss hinauf. An Fam. Krögers Wohnungstür hing ein selbstgetöpfertes Tonschild, auf dem offenbar die Krögers selbst, Mann, blondbezopfte Frau und Sohn nebst Hund, in stark vereinfachter Form abgebildet waren. Er strich die Familie im Geiste aus seinem Notizbuch.

Gegenüber wohnte E. Schütze, kein Fußabtreter, vorgefertigtes Klingelschild, nichts, was Aufschluss über die Bewohner geben könnte. Er klingelte und schrak bei dem tiefen Summton etwas zusammen. Es passierte nichts, kein Geräusch. Nochmal, diesmal drückte er länger, dann nervtötend lange. Nichts. E. Schütze war nicht daheim. Mann oder Frau? Edeltraud Schütze, Erich Schütze, Estelle Schütze, Emilia Schütze, Erik Schütze, Elias Schütze, er stockte und griff sich an den Kopf. Natürlich! Er fingerte nach seiner Kreditkarte, klingelte hastig bei den Krögers, wartete, horchte in die Stille hinein und wandte sich schließlich wieder zu der Wohnung von E. Schütze um. Mit einer schnellen Bewegung, einem kurzen Rütteln öffnete er die Tür und schlüpfte in den dunklen Flur. Er lauschte, aber es drang kein Geräusch zu ihm, nur abgestandene Luft aus lange ungelüfteten Räumen. Er betätigte den Lichtschalter und karges Glühbirnenlicht beleuchtete mattgraue Stahlschränke links und rechts entlang des Ganges. Er warf einen kurzen Blick in ein farbloses Bad, welches nur durch die vollkommene Abwesenheit persönlicher Gegenstände auffiel. Die Küche in Schwarz mit weißen Kacheln, der Kühlschrank leer und abgeschaltet.

Er betrat den Wohnraum und sofort fiel ihm der erstklassige Blick auf, den man von der Fensterfront auf Ericas Wohnung hatte. Vor ihm standen ein riesiges Teleobjektiv, Stative in allen Variationen, Aufnahmegeräte, Nachtsichtkameras, eine Wärmebildkamera und vier Computer. Er pfiff durch die Zähne. Treffer! Das war die Wohnung von Elias Seynstahl, sein Geheimnis, er war sich sicher. Er schaltete die Computer an, kein Passwortschutz. Seynstahl musste sich hier sehr sicher gefühlt haben. Tausende Dateien, nach Datum geordnet, erschienen auf dem Bildschirm. Er scrollte hinunter und klickte wahllos auf eine Datei, den 19.12.2013, es öffneten sich um die zweihundert Bilder. Erica am Morgen mit ihrer Kaffeetasse hinter dem Fenster, Erica am Vormittag an ihrem Schreibtisch, Erica mit einer Freundin, Erica beim Mittagessen, Erica im Bett, Erica frühmorgens im Bett, Nahaufnahme, er stutzte. Wie war das möglich? Er klickte ein paar Audiodateien an und hörte Erica sprechen, wie sie sich mit ihrer Freundin im Raum unterhielt, hörte Besteck klappern, das Wasser der Dusche, Absätze auf dem Parkett, Handyklingeln, Ericas Gespräch mit ihrer Mutter am Telefon. Er lehnte sich zurück.

Elias Seynstahl hatte Erica komplett überwacht, das war die einzig mögliche Schlussfolgerung, er hatte Wanzen in ihre Wohnung und ihr Handy eingebaut oder es einfach gehackt, er hatte Kameras in ihrer Wohnung installiert und Aufnahmegeräte, das hier war der Beweis, und Erica musste davon gewusst haben. Nervös fuhr er sich durch die Haare, stand auf und öffnete einen der Stahlschränke im Wohnzimmer. Dann den nächsten und den übernächsten. Die Schränke waren nach Jahren geordnet und innerhalb des Schrankes nach Monaten mit beschrifteten Fächern. Er zog die Kiste April 2011 heraus und fand USB-Sticks, ein paar Fotos von Erica im Park, alleine, mit zugezogenem Kragen. Ein Foto, wie sie mit aufgerissenen Augen in die Kamera starrte, und ein schwarzes, seidenes Nachthemd, das einen leichten Lavendelgeruch verströmte. Immer noch. Im Kasten Juli 2011 wieder USB-Sticks, zwei halb abgebrannte Kerzen, eine abgerissene Konzertkarte für Feist, Oktober 2011 die üblichen USB-Sticks, eine schwarzbraune Haarsträhne ordentlich in einem extra Kästchen aufbewahrt, und ein Stiletto, dem der Absatz gebrochen war.

Er sprang in den Flur und riss die Schränke auf, überall bot sich ihm das gleiche Bild, Ericas Leben akribisch aufgezeichnet, ausfotografiert, abgehört, verfolgt, gefilmt und in Stahlschrankkästen gepackt. Der Ausverkauf der Privatsphäre, die gläserne Frau von gegenüber. Erica beim Duschen, Erica auf dem Klo, Erica schlafend im Bett, es gab keinen Moment in Ericas Leben, auf den Elias Seynstahl keinen Zugriff gehabt hatte. Er lief zurück ins Wohnzimmer und machte mit seinem Handy ein Foto: im Vordergrund die Teleobjektive, welche wie schwere Waffen auf Ericas Wohnung gerichtet waren. Er sandte das Bild an Ericas Mutter.

Zwei Wochen später saß er im kargen Besucherraum der Vollzugsanstalt in Aichach. Die Tür öffnete sich und Erica erschien, dünn und blass, begrüßte ihn freundlich distanziert. Sie setzten sich.

„Erinnerst du dich an mich? Ich war eine Klasse unter dir", versuchte er, Vertrautheit aufzubauen.

„Ja." Kalt und eisern warf sie ihm das Wort hin.

„Ich habe seine Wohnung gefunden. Direkt bei dir gegenüber, er hat dich gesammelt. Dein Leben, dich vollkommen überwacht, und du hast das gewusst." Angriffslustig trommelte er mit den Fingern auf den Tisch. Sie starrte ihn an, keinerlei Regung, starrte ihn unverwandt an.

„Er hat dich zehn Jahre lang gesammelt. Deswegen hast du ihn erschossen. Das hält keiner aus im Kopf. So ein Leben, das kann jeder verstehen. Warum hast du nichts gesagt? Du hättest das bei Gericht sagen müssen, das ist eine Form der Notwehr. Das weißt du." Er redete immer schneller. Sie rührte sich noch immer nicht. Er berichtete ihr von der Wohnung, den Schränken, alles, was er in den letzten zwei Wochen dort gefunden hatte.

„Hast du es jemanden erzählt?" Ihre Stimme klang ruhig.

Er schwieg.

„Das ist mein Leben, was du gefunden hast. Das geht niemanden etwas an. Niemanden. Gar niemanden. Kein Mensch der Welt hat ein Recht, sich diese Aufnahmen anzusehen, was auch immer, das geht keinen etwas an. Mein Leben! Und auch du wirst diese Wohnung hinter dir schließen. Für immer!

Das war eine Anweisung. Er verstand augenblicklich.

„Aber eines noch, warum hast du das nicht gesagt, wenigstens eine Vermutung geäußert vor Gericht?"

„Sie hätten alles ans Licht gezerrt, fremde Leute hätten mein Leben ein zweites Mal durchleuchtet, hätten die Aufnahmen alle gefunden, hätten über meine Liebe gelacht, über meine Dummheit und über seine Obsession, es wäre so unglaublich banal geworden, so schmutzig und elend, die Zeitungen hätten darüber geschrieben und jeder hätte eine Meinung gehabt, ohne zu wissen, was wirklich passiert war, ohne zu wissen, wie man in eine solche Situation kommen kann, ohne das zu wollen und es nicht zu beenden."

„Warum hast du es nicht beendet?"

„Weil es nicht ging, weil ich immer ein Stück zu wenig kalt war, mein Hass nie groß genug, natürlich war ich anonym bei der Polizei, habe einen Anwalt engagiert, habe sogar Kontakt zu einem Auftragsmörder gehabt, habe mir eine Waffe zugelegt zur Selbstverteidigung, hab' alle seelischen Stationen einer Geiselnahme durchgemacht, einschließlich des Stockholm-Syndroms, mir ist alles sonnenklar und sehr bewusst. Doch ich habe ihn gesehen, damals, ganz am Anfang, und ich wusste einfach sofort, wer er ist, wer er eigentlich ist, hinter diesem ganzen Showquatsch. Ich hab' diese Verlorenheit gesehen und ich habe mich damals in ihn verliebt. Wir haben uns ein paar Mal getroffen und dann nie mehr, danach ging die Verfolgung los. Doch so unglaublich das klingt, weil ich mich die letzten zehn Jahre mit nichts anderem als ihm beschäftigt habe, mir vorgestellt habe, wie er lebt, wie er wohnt, alles, was er in meinem Leben ausspioniert hat – deswegen habe ich mir vorgestellt, auch ich würde ihn ausforschen, und so habe ich verlernt, ein normales Leben zu führen. Ohne ihn. Man vergisst das. Man hat vielleicht noch zwei oder drei Jahre eine Erinnerung daran, wie das mal gewesen war, frei zu sein, aber die verlischt, die Erinnerung, und auch das Freiheitsgefühl. Ich habe seine Obsession in einem gewissen Maß übernommen, denn er war ja genauso unfrei und gefangen. Wir hatten immerhin eine Situation, in der ich der Meinung war, sofort ohne ihn leben zu können, aber er konnte das nicht. Er hat mich gebraucht, ich ihn aber nicht. Für nichts. Außer für die Erinnerung an eine zertrümmerte Liebe. Und die tut weh. Heute auch noch. Immer. Es war keine Befreiung. Ich habe mein inneres Gefängnis gegen ein äußeres getauscht, das ist alles. Vielleicht war er ja der einzige Mensch, der mich tatsächlich gekannt hat. So auf seine Art." Sie kicherte vor sich hin, sprach aber sogleich mit ernster Miene weiter: „Natürlich nicht, denn ihn hat es einen Scheiß interessiert, wie es mir geht, das ist mir schon klar. Empathiefähigkeit null, hab ich alles gelesen. Er war übrigens recht überrascht, mich zu sehen, wie ich da im Dunkeln in seinem Hotelzimmer stand, doch er hat sofort gewusst, dass es jetzt vorbei ist. Ich hab ihm in den Kopf geschossen, mehrfach. War nicht schlimm, ging ganz schnell. Und jetzt ist da eine Leere in mir, die nicht zum Aushalten ist. Es ist so, als wäre ich mit gestorben. Nichts mehr bedeutet irgendetwas und ich empfinde es als gerecht, hier zu sein. Ich habe einen Menschen vorsätzlich erschossen, dafür gibt es keine Entschuldigung, und es ist auch völlig bedeutungslos, was mit mir passiert. Bedeutungslos, denn meine Auslöschung hat zehn Jahre angedauert, zehn Jahre, bis nichts mehr von mir übrig war. Das Allererste, was man verliert, ist der Stolz und dann die Würde. Komischerweise ganz leicht. Irgendwann die Gegenwehr, die Wut, und ganz am Schluss führte das gewaltvolle Durchbrechen der Grenzen des Ichs, meiner Person, die ständige Verletzung meiner Außengrenzen zu einer Entgrenzung. Ich habe mich verloren. Ausgelöscht. Als Schatten meiner Selbst." Sie sah ihn unverwandt an.

„Warum jetzt? Warum hast du ihn jetzt erschossen und nicht schon vor drei Jahren?"

„Ich habe ihn gesehen, da vor dem Konzert, er hat eine andere geküsst. Das ging zu weit."

Einen winzigen Augenblick verlor er die Fassung, dann stand er auf und bedankte sich für das Gespräch. Draußen vor dem Tor sog er die kalte Luft tief ein, als er zu seinem Auto stapfte. Es schüttelte ihn kurz.

Aus lauter Liebe

von Rike Hauser

Eine erste Begegnung

Geister irren verwirrt
Nebelschwaden ziehen
Aber ich will hier bleiben

Und so denke ich:
„Ja, es stimmt. Ich bin es
Tatsächlich,
Diese Frau.
‚Ich' ist es
‚Ich lebe'
Andere wissen von außen
Ich weiß von innen

Und noch lange nicht
Ist es alles

Ich liege im Bett, ich friere. Es ist 11:00 Uhr. Ich stehe nicht auf. Auf mir liegt eine bleierne Schwere. Ich kann nicht aufstehen, es ist kalt. Das Telefon klingelt. Jürgen meldet sich. „Wie geht es dir?"

„Nicht gut. Ich liege noch im Bett. Es ist so eisig kalt. Ich friere. Ich kann nicht aufstehen."

„Hast du kein Feuer im Ofen?"

„Nein, ich schaffe es nicht."

„Ich komme und mache dir ein Feuer."

Er kommt. Er ist da und ich fühle, es ist schon wärmer. Er macht ein Feuer an im Ofen. Es wird warm. Ich kann aufstehen. Er ist da! Ich schaffe es, aufzustehen. Die bleierne Schwere lastet nicht mehr so schwer auf mir. Ich sitze am Tisch und frühstücke. Ich schaffe es kaum, das Brot in den Mund zu schieben. „Nur einmal wieder das Brot normal in den Mund schieben können", denke ich.

Wieso habe ich sie überhaupt getroffen? Wäre es nicht besser für mich gewesen, ich wäre ihr nie begegnet? Ich weiß nicht mal mehr, wann, wo und wie ich sie getroffen habe.

„Hallo! Ist hier frei?" Sie wartete die Antwort nicht ab, sie wartete nicht mal, bis ich ihr mein Gesicht zuwandte, um ihr überhaupt antworten zu können. Da saß sie einfach! Na ja, gut, ich war sowieso allein im Zugabteil. Oder war es gar nicht im Zug? Wo war es aber dann?

„Ich heiße Ruth! Wie heißen Sie?"

Blödsinnigerweise antwortete ich ihr: „Ich heiße auch Ruth."

Hoffentlich würde sie jetzt still sein. Aber das war sie nicht. Wieso schaute sie mich immer so an? Wieso ließ sie mich nicht in Ruhe? Wieso konnte ich ihr nicht sagen, sie solle mich in Ruhe lassen, sie sähe doch, dass ich lesen würde? Wieso zog sie mich an und regte mich gleichzeitig auf?

Ich weiß nicht mehr, wie lange wir zusammensaßen. Aber seither habe ich das Gefühl, dass wir noch immer zusammensitzen. Und mehr und mehr habe ich das Gefühl, dass ich ihr zuhören sollte.

Mama,
Ich weine nach dir!
Mama,
Warum ist der Himmel
So rot?
Weint er meinen Schmerz?

Oh Mama,
Der Himmel ist so rot

Blutrot wie der Schmerz –
Mit einem tiefen Lila
Taucht er ein in meine Liebe

Um strahlend blau zu werden
Wenn er meine Liebe zu dir
Dort wieder findet

Und dann ist er wieder blau, der Himmel,
Blau, blau und blau –
Blau über der ganzen Welt

„Meine Kindheit?" Überrascht fragte ich nach. Sie wollte etwas über meine Kindheit wissen? Das ging sie doch gar nichts an. Ich konnte ihrem Blick nicht ausweichen und antwortete zögernd. Mein Herz begann zu flattern, ich wollte nicht. Aber ich sah sie an – wieso fragte sie?

Wieso antwortete ich ihr? Die Worte kamen aus mir heraus.

Mein Vater.
Früher, da war es nicht schön. Ich lebte bei meinen Eltern auf dem Dorf, und da hatte ich es nicht schön. Mein Vater trank sehr viel. Er schimpfte immer, er schrie – er war immer so furchtbar wütend und ich hatte immer so furchtbar Angst vor seinen Schlägen. Seine Hände waren so riesengroß und grob, seine Fäuste so hart und fest. Sein Mund war immer so weit aufgerissen – ich hatte immer nur Angst vor diesem weit aufgerissenen Mund, der immer so laut schrie. Ich hatte so große Angst vor diesen Augen, die so schrecklich waren und diesen harten Fäusten.

„Wenn ich es nicht rechtzeitig schaffe, wegzukommen, bin ich tot."

Ich hatte solche Angst davor, totgeschlagen zu werden. Ich war noch so ein kleines Kind.

Meine Mutter?
Die war auch da. Es gab sie auch.

Meine Geschwister.
Meine Geschwister lachten mich immer aus. Ich war die Jüngste. Ich weinte, als wir „Hänsel und Gretl" spielten. Ich bekam Angst, als die Hexe, meine Schwester, den Hänsel, meinen Bruder, in den Ofen stecken wollte. Und mich danach auch noch. Sie lachten und schlugen mich, weil sie nicht mehr weiterspielen konnten. Als ich älter wurde, spottete meine Schwester über mich, weil meine Brüste gewachsen waren und ich noch kei-

nen BH trug. Sie hob meinen Pulli hoch und zeigte meine Brüste meinem Bruder. Sie haben miteinander gelacht. Ich schämte mich; aber niemand hatte mir gesagt, dass ich nun einen BH tragen konnte und niemand gab mir einen. So habe ich geschwiegen und mich geschämt, dass ich schon „zuviel Busen" hatte.

Meine Schwester schlug mich nachts immer. Ich wusste nicht, warum. Denn es war Nacht und dunkel. So hörte ich nicht und sah nicht, warum sie mich schlug. Nur ihre Schläge taten mir weh. Wenn ich weinte und zu meiner Mutter rennen wollte, hielt sie mich fest und schlug nochmals zu. So blieb ich in meinem Bett liegen und weinte ganz leise vor mich hin; damit ich sie nicht störte, wenn sie schlafen wollte.

Ich hatte noch eine Schwester. Sie war die Älteste.

Mein Bruder? Wir wurden älter und waren noch die einzigen Kinder zu Hause. Wenn meine Angst zu groß war, wenn er abends ausging und ich alleine bei meinen Eltern bleiben musste, bat ich ihn, nicht zu gehen, weil mein Vater doch betrunken war. Ich sagte ihm, dass ich Angst hätte. Er wollte aber weg. Er sagte, dass nichts passieren würde. Er hatte eine Freundin. Zu ihr ging er dann abends immer. Er sagte zu mir: „Es passiert nichts". So hatte ich niemanden für meine Angst.

Kleines Mädchen,
Was fürchtest du dich?
Große Bären
Schlagen
Kleine Mädchen
Mit einem einzigen
Prankenhieb tot.

So brauchst
Du dich
Nicht zu fürchten,
Mein kleines
Mädchen;
Die Angst kennt
Nur den Moment;
Der Schmerz aber kommt danach.
Aber den erlebst du
nicht mehr.

Kleine rote Kratzer
Aus Blut
Liegen im Schnee;
Die Katze leckt
Sich satt
Ihre Pfoten.

Ich war die Jüngste und die Kleinste. Meine Schwestern wurden sehr viel früher geboren. Mein Bruder war schon ein Nachzügler. Dann kam erst ich.

Ich war allein in meiner Familie. Sehr allein. Es war nicht schön. Ich war allein mit meiner Angst, mit meinen Tränen, mit meiner Einsamkeit. Es war nicht schön.

Ein ungebetener Gast

Komm, Mutter,
Lass dich streicheln.
Deine Brüste möchte

*Ich in meine Hände
Nehmen,
Zärtlich sie streicheln;
Mit meinem Mund
Berühren deine Brustwarzen
– Dort, wo ich nie Deine
Liebe erfahren habe.*

*Oh, eine andere Frau
Hat mir erlaubt,
Dass ich ihre Brüste
Genommen habe;
Liebkost, genuckelt,
Mir das Leben, die Liebe
Meiner Mutter und meine
Freiheit mir eingesaugt
Habe,
In Gedanken, Vorstellungen,
Wünschen – durfte ich mich
Dieser Brüste nähren,
In ihrem Schoß mich
Wärmen,
In ihren Augen und ihrem
Sorgen um mich
Mich in Sicherheit und
Geborgenheit einhüllen.*

*Heute sind Deine Brüste alt
Und schlaff;
Ich weine den Deinen
Immer noch nach, obwohl
Ich durch diese andere*

Frau genährt wurde
Aber Du bist es, die
Meine Mutter ist.

Und noch heute bekomme
Ich Deine Wärme und Dein
Verständnis nicht für mich;

Ich bekomme sie nur in
Form Deiner Gefühlsarmut
Und Deiner Hilflosigkeit,
Hinter der die ganze Tragik
Deines Lebens steckt

Und ich bekomme Deinen Hilfeschrei
Nach Liebe und Wärme von mir,
Deine Sehnsucht nach Verschmelzung
Mit mir.

Das kann ich nicht, Mama,
Ich kann lernen,
Dich trotz allem
Zu lieben
– Denn Gefühle für
Dich sind da.

Aber ich werde
In meinem Leben bleiben
Und nicht mehr
In Deines zurückkehren.

„Und jetzt, Ruth, hast du dich mit deiner Mutter ausgesöhnt"?

„Ja."

„Konntest du mit ihr über dein Leben und Eure Beziehung reden?"

„Nein, das wäre nicht gegangen. Sie hätte mich nicht verstanden. Und wohl hätte ich ihr auch sehr wehgetan."

„Und trotzdem konntest du dich versöhnen mit ihr?"

„Ja. Das war ein innerlicher Prozess. Der ging auch über Jahre. Aber es ist gut so. Sie ist meine Mutter und sie mochte mich. Eben auf ihre Art. Aber sie hat mir auch einiges gegeben. Eben so, wie sie konnte und es den Umständen entsprechend ging."

Aber das geht sie doch gar nichts an. Das ist doch meine eigene Geschichte mit meiner eigenen Mutter. Wie war sie überhaupt reingekommen? Hatte ich vergessen, die Tür zu schließen? Ich musste aufpassen. Sie liebte wohl Überraschungen. Sie lächelt, gerade so, als ob sie meine Gedanken gelesen hätte.

„Nein", grinst sie mich an, „aber du bist ich und ich bin du. Vor einiger Zeit schon hast du die Tür aufgemacht für mich. Ich habe sehr lange auf dich gewartet. Ich habe mich sehr einsam gefühlt ohne dich! Du bist mein Leben und ich bin dein Leben."

„Wann habe ich die Tür aufgemacht zu dir?"

„Du bist im Gebetshaus vorne am Altar gekniet und hast Jesus gebeten, dir den Zugang zu deinem inneren Kind zu verschaffen. Da hast du die Tür aufgemacht. Er hat dir die Tür gezeigt und du hast sie aufgemacht."

„Ah, du kennst ihn?"

Sie blickte mich an. „Ja, natürlich, er war doch immer da. Du hast ihn nicht gesehen, denn du warst voller

Angst. Aber mich hat er gehalten in seinen Armen. Er hat mich getröstet wie eine Mutter ihr Kind tröstet. Er hat mich bewahrt, als dein Vater mich so verprügelt hat."

„Hast du die Schläge gespürt?"

„Ja, aber du bist weggegangen. Du hast mich da allein gelassen. Seine Schläge sind auf mich herunter geprasselt."

„Du warst noch so klein, damals."

„Ja, ich war damals noch sehr klein. Fast ein Baby. Er ist gekommen. Erinnerst du dich noch an dein Gedicht:

Große Bären
Schlagen
Kleine Mädchen
Mit einem einzigen
Prankenhieb tot.

Er hätte mich fast totgeschlagen."

„Es tut mir leid, Ruth. Vergib mir!"

„Weißt du, es war gut. Der Weg, den du gegangen bist, war gut. Fast hätte ich keinen Zugang mehr zu dir bekommen. Du hast mich komplett abgeschnitten. Dann aber bist du zu Jesus gegangen. Und da war ich ja. Mit all meiner Liebe zu dir, mit all meiner Sehnsucht nach dir."

„Du hattest Sehnsucht nach mir? Du liebst mich? Noch immer? Nach allem, was ich getan habe, um dich los zu werden, dich zu ersticken? In Drogen, in Alkohol, in Sex, in … Ich weiß gar nicht, Ruth, in was ich mich alles gestürzt habe, um dich zu vergessen, um dich nicht mehr zu hören. Deine anklagende Stimme, deine fordernde Stimme. Deine nach meiner Liebe heischende Stimme. Ich wollte dich nicht. Ich wollte mein eigenes Leben leben."

„Gott hat auf mich aufgepasst. Er ließ nicht zu, dass ich Schaden nehme. Ja, du hast ein sehr ausschweifendes Leben geführt, ein sehr destruktives Leben, du hättest mich fast zerstört – wenn da nicht deine Sehnsucht nach Liebe und nach mir gewesen wäre."

„Ich bin jetzt müde, Ruth. Kannst du bitte gehen?"

„Ja. Erlaubst du mir, wiederzukommen?"

„Ja."

Ein Hügel

Ich gehe, ich warte, er kommt nicht. Er kommt nicht mehr. Er kommt nie mehr. Sein Gesicht war wie ein tiefgefrorenes Hähnchen. Vielleicht der Körper auch. Aber den berührte das Mädchen nicht. Nur sein Gesicht nahm sie in die Hände. Nur ihre Wange noch einmal an seine Wange. Zartes, liebevolles, letztes Abschiednehmen. Er war tot. Einfach tot. Dann ging sie. Alles war tot. Die Nacht war tot, das Schweigen war tot, alles war tot.

Die Freundin kam. Der Mann rief die Freundin an, dass sie kommen solle. Denn das Mädchen wäre allein, es wäre niemand hier. Es wäre gut, wenn die Freundin kommen würde. Die Freundin kam, mit ihrem Freund – mitten in der Nacht kam sie. Von weit hergefahren. Mitten in der Nacht fuhren sie dann nach Hause, zur Mutter des Mädchens, das alleine in der Welt übrigblieb. Dort haben sie geschlafen. Das Mädchen hat nicht geschlafen, alles war tot. Die Nacht war tot, der Mann war tot, die Stille war tot. Alles war tot. Sie hatten ihm den

Bart und die Haare geschnitten, sie waren zwar noch lang, aber sie hatten sie geschnitten. Er sah so aus, wie er immer ausgesehen hatte. Nur jetzt tot. Sie verstand dies gleich. Denn er war so tot. Morgens kam die Mutter. Sie war erstaunt, dass das Mädchen da war. Das Mädchen sagte ihr, dass er tot sei. Die Mutter schrie. Das Mädchen lachte.

Ich glaube, das Mädchen wäre damals fast verrückt geworden, denn sie verlor den einzigen Menschen, den sie geliebt hatte und der sie geliebt hatte. Sie tat es einfach weit weg. Weit weg von sich. Wo sind alle diese Erinnerungen?

Das Mädchen stand am Grab. Die Männer ließen den Sarg hinunter in das Loch. Einige Menschen warfen Blumen auf den Sarg. Ich glaube, das Mädchen hatte auch Blumen. Ich glaube, es waren Rosen. Ich glaube, dass das Mädchen Rosen hatte. Denn sie liebte ihn ja. Und sie wollte ihm noch etwas mitgeben. Sie deckten den Sarg mit Erde zu. Die Rosen wurden auch mit Erde zugedeckt. Alles war dann zugedeckt. Er auch. Die Menschen gingen einer nach dem anderen. Zum Schluss ging das Mädchen auch. Einer stand da noch in der Ferne. Es war ein enger Freund. Er hatte in der Band mit ihm gespielt. Das Mädchen ging alleine weg.

Ich weiß nicht mehr, wo das Mädchen hinging. Aber in ihr ist alles gestorben.

„Verstehst du, Ruth, kleines Mädchen? Du hast gelitten, du hast unsäglich gelitten. Ich habe versucht, du zu sein. Ich habe es echt versucht. Ich bin nicht von Anfang an weggegangen von dir. Ich habe gekämpft, um dich zu halten. Ich habe die Schläge ausgehalten, die Angst, diese große Angst, dass er mich totschlägt. Dass er mich irgendwann totschlägt. Aber als dann Walter gestorben war, da war etwas in mir zerbrochen. Verstehst du, Kind? Mit ihm habe ich begonnen zu träumen. Endlich konnte ich träumen. Von einem Leben mit jemandem, von Liebe, von Lachen, von Sonne. Kinder, Familie, ich hatte das alles mit ihm geträumt. Wir wollten heiraten. Aber dann war er tot. Ich konnte das nicht begreifen. Ich konnte das einfach nicht begreifen. Natürlich fragte ich mich: ‚Gott, wo warst du?' Nein, das stimmt nicht, ich wollte ja gar nichts mehr wissen von Gott. Ich habe ihm den Rücken gekehrt. Ich bin weg gegangen vom Grab und weg von Gott. Einfach weg. Ihm den Rücken gekehrt! Verstehst du, es ist nicht so einfach, wie du denkst, dich zu verstehen. Ich habe dich nie verlassen, Ruth. Aber ich musste dich irgendwo hintun, wo ich dich nicht mehr spüren konnte. Weil ich selbst es nicht mehr ausgehalten habe. Ich habe getrunken und getrunken und getrunken. Weil ich das Leben zu Hause nicht mehr ausgehalten habe. Die Angst, die mich tagtäglich überfallen hat. Jeden Abend, gegen 17:00 Uhr, hat eine Angst mich überfallen. Ich rannte auf der Straße herum und in mir drin war: ‚Ich will nicht nach Hause, ich will nicht nach Hause, ich habe Angst. Dort ist der Vater. Was macht er? Er ist bestimmt betrunken! Es gibt bestimmt Streit! Sie schlagen sich bestimmt. Was kann ich tun? Ich bin alleine mit ihnen. Was kann ich tun? Wenn ich dazwischen gehe, schlägt er mich.'"

„Komm mir nicht in die Quere!", schrie er. „Was willst du hier"?

Ich rannte weg, damit er mich nicht totschlagen konnte. Aber dann musste ich wieder zurück. Er war immer noch betrunken. Es war immer noch gefährlich. Und ich konnte nichts anderes tun, als ihm in die Quere zu kommen. Denn es war ja das Haus, in dem ich Zuhause war.

„Verstehst du mich. Ruth, ich wollte nur noch trinken, alles vergessen. Dann habe ich ihn getroffen und bin mit ihm gegangen. Ich habe aufgehört mit dem Trinken. Nicht von Anfang an, denn ich war ja immer so betrunken. Ich kannte ja nichts anderes, als abends auszugehen und mich zu betrinken."

„Seba sagte, ich solle mit dir Schluss machen. Du würdest nichts taugen. Aber ich will mit dir gehen", sagte er.

Er ist nicht mehr mit diesem Freund ausgegangen. Aber mit mir. Er hat mich immer abgeholt mit seinem roten R4. Vorne auf der Kühlerhaube hatte er zwei Gitarren drauf gemalt. Denn er war Gitarrist in einer Band. Es war eine der besten Bands in jener Gegend damals.

Er war einer der besten Gitarristen der Region. Ich war stolz darauf, seine Freundin zu sein. Und er hat allen gezeigt, dass ich seine Freundin war. Allen Mädchen hat er es gezeigt.

„Ich weiß nicht, wie lange ich mit ihm gehen will. Mir ist das eigentlich egal", sagte ich einer Arbeitskollegin.

„So dachte ich auch immer. Aber dann, bei diesem Freund, dachte ich mir: Du solltest mal bei einem bleiben. Bei dem bleibe ich jetzt. Und jetzt gehe ich mit ihm."

„Ah", erwiderte ich. „Dann mache ich es auch so. Ich kann ja auch mal bei einem bleiben."

Ich hörte auf zu trinken, weil er sagte, dass er trotzdem mit mir gehen wolle, obwohl der Freund gesagt hatte, ich würde nichts taugen.

„Ich konnte es nicht aushalten, Ruth, dass er da war. Aber gleichzeitig konnte ich es auch nicht aushalten, wenn er nicht da war. Später dachte ich, es wäre so gewesen, als ob ich nicht ausgehalten hätte, dass mich jemand liebt oder dass ich jemanden liebe. Aber mit der Zeit wurde es besser. Ich bemühte mich richtig. Weil er einmal zu mir sagte, so nach drei Jahren, er könne nicht mehr. Er halte es nicht mehr aus mit mir. Denn ich stritt immer mit ihm. Mein Vater war tot. Aber die Angst blieb. Und diese Angst war ständig da. Und nichts konnte er mir recht machen, weil ich ständig wütend auf ihn wurde, weil ich ständig verzweifelt war. Diese Angst hat mich fertiggemacht. Aber dann wurde es schön mit uns. Und er sagte mir, dass es jetzt schön sei, dass wir jetzt heiraten könnten. Aber dann stand das Mädchen am Grab und dann ging sie vom Grab weg und von Gott weg und ging vom Leben weg."

„Verstehst du aber, dass du damals begonnen hast zu sterben? Du hast dich selbst abgeschnitten, indem du mich abgeschnitten hast. Deine Depressionen waren kein Zufall. Sie waren Folge davon. Denn ich war ja dein Leben, dein Atem, dein Lachen – ja, du hast recht, ich war auch dein Weinen. Ich, ich, ich war es, die gewimmert hat, als der Vater mich geschlagen hat. Mir haben diese großen Hände Angst gemacht, wie er kam und in mich eingedrungen ist. Ich war es, die geschrien hat und geschrien. Dein Körper war noch klein, aber das war ich.

Das war nicht ein lebloses Etwas, verstehst du. Das war ich!"

„Ruth, ich will nicht, dass du gehst. Ich will nicht mehr, dass du gehst. Aber ich bitte dich jetzt – ich weiß nicht, wohin du gehen könntest. Geh nicht weg. Aber ich würde gerne jetzt etwas anderes machen. Nicht mehr darüber reden. Verstehst du mich? Geh, irgendwie, geh – nicht weg. Aber eben doch weg. Diese Dinge tun weh. Immer noch. Du hast recht, ich begann zu sterben. Ich hatte kein Gefühl mehr für das Leben. Als Walter starb, wurde das Leben komplett sinnlos für mich. Ich war zu Besuch bei einer Arbeitskollegin. Wir lagen nebeneinander im Bett. ‚Für ihn gibt es keine Zeit. Er ist in der Ewigkeit. Er wartet dort nicht in dem Sinne, wie du hier wartest.' – Ich hörte ihre Worte. Ewigkeit, damit konnte ich nichts anfangen. Ich wünschte mir immer, ein Stein würde vom Himmel fallen mit einem Zettel, auf dem eine Nachricht von ihm stand. Einfach, dass ich in Händen hätte, dass er mich liebt und ich ihn. Aber es fiel nie ein Stein mit einem Zettel vom Himmel, Ruth. Nie!"

Ein Manuskript

Ich sitze über einem Manuskript. Tränen in meinen Augen. Ich wollte nicht, dass er tot war. Aber er war tot. Wieso kommt sie jetzt und erinnert mich an all das? Sie hat kein Recht dazu. Wieso bist du überhaupt gekommen? Oh, Mann, Mädchen. In Wirklichkeit habe ich dich doch nie vergessen, in Wirklichkeit habe ich dich doch lieb.

„Du bist hier? Wo warst du? Wieso kommst du so plötzlich herein? Kannst du immer noch nicht anklopfen"? Ah, das Schimpfen tut gut. Ich trockne mir die Tränen. Aber gleich kommen sie wieder. Es tut mir gut, dass sie da ist. Oh Mann, ich liebe sie.

„Du hast mich gerufen. Du selbst hast mich gerufen." Ich mag sie ja schon viel zu sehr, als dass ich sie nicht in mir selbst fühlen würde.

„Aber", rette ich mich schnell vor ihr, „kannst du nicht auf dem Stühlchen neben mir sitzen bleiben?"

„Geht es dir dann besser?"

„Ja." Ich habe wieder die Oberhand. Die Pause tut mir gut. Ich sammle mich. „Schau mal, Ruth, über was ich angefangen habe zu schreiben. Aber sag mal, wieso sagst du, ich hätte dich selbst gerufen?"

„Willst du es wirklich wissen?"

„Ja!"

„Du selbst hast dich auf den Weg zu mir gemacht. Mir wäre es gar nicht möglich, zu dir zu kommen. Und wenn du sagst, du hast mich lieb, breitest du deine Arme aus, blickst mich an – dann weiß ich, dass du bereit für mich bist, und ich renne so schnell ich kann zu dir." Sie schwieg.

„Und was ist jetzt?", fragte ich. „Du bist so ruhig geworden?"

Sie hebt den Blick nicht, aber sie antwortete mir: „Weißt du, ich würde gerne in deine offenen Arme hinein rennen. Das ist es, wonach ich mich sehne."

Jetzt schweige ich. Oh Herr Jesus, hilf mir, dass ich das eines Tages tun kann. Die kleine Ruth in die Arme nehmen. Herr, dann tanze ich mit ihr!

Langsam beginne ich, der kleinen Ruth aus meinem Manuskript vorzulesen. Ich glaube, ihr Schmerz ist mein Schmerz und mein Schmerz ist ihr Schmerz. Aber beide halten wir das aus. Sie schaut her zu mir und ich beginne, ihr vorzulesen, was ich schon geschrieben habe.

1993: Hannah und ein Rucksack voll Träume

Seit Jahren schon wollte sie nach Südamerika. Sie hatte sich vorgenommen, ein Jahr nach ihrer Erkrankung gehen. Gleichzeitig auch als Beweis, dass sie wieder gesund war. Zwei Jahre war sie in intensiver psychotherapeutischer Behandlung gewesen. Jetzt war es genug. Sie wollte wieder aufatmen, leben, Leben schnuppern. Freiheit riechen. Gut, dass sie nicht mehr in der Klinik war. Gut, dass sie wieder wegmusste. Gut, dass sie es geschafft hatte. Es war nicht einfach, zu gehen. Sie hatte dort in der Klinik ein gutes Zuhause gefunden. Nicht so eins, wie sie in ihrem eigenen Zuhause gehabt hatte. Die Worte der Therapeutin klangen noch immer in ihr nach: „Aber natürlich bin ich traurig, dass Sie gehen. Aber ich freue mich auch, dass Sie gehen. Ich freue mich, dass Sie in Ihr Leben zurückkehren."

Hatte sie nicht auch noch gesagt: „In Ihre Freiheit?" Ja, sie hatte recht, die Therapeutin. In ihr Leben! Dies war ihr Leben! Nicht die Klinikmauern. Sie war erwachsen, sie war nicht mehr dieses kleine Mädchen, das da in der Klinik rumgeschrien hatte. Und doch hatte sie alle dort heiß geliebt.

„Aber Ruth, weißt du was mir gerade kommt? Vieles konntest du in der Klinik durch die Therapie nachholen, aber nicht alles. Weißt du, Kind, nach dem Klinikaufenthalt dachte ich, dass meine Kinderseele, also du, nie aufgehört hat zu weinen. Ich habe nie aufgehört, mich nach einer Mutter zu sehnen, nach meinem Vater, nach meinen Geschwistern. In der Klinik bekam ich diese Beziehung zu einer Mutter, nach der ich mich sehnte. Es gelang mir, mich zu öffnen, und es gelang der Frau, dich zu nähren. Auch wenn es ein Ersatz war, aber du warst ein Kind in diesem Moment, das da in der Klinik ein Bedürfnis ausleben konnte. Aber weißt du was, Ruth? Trost für meine verwundete Seele habe ich nicht bekommen, das, was kaputt war, konnte nicht geheilt werden. Aber jetzt ist es ganz. Jetzt bin ich heil, und deswegen kann ich mit dir reden. Jesus hat mich getröstet und mich geheilt. Vermutlich war deswegen die Tür zu dir nicht mehr so fest geschlossen wie vorher und so konntest du rein. Pflutsch, bist du dagesessen, genau in dem Moment, als es am meisten wehtat. Und ich wieder in einer Therapie war." Ich blicke auf mein Manuskript. „Ruth, wo warst du eigentlich, als ich in Kolumbien war? Hat Hanna dich überhaupt damals auf die Reise durch Südamerika mitgenommen? Warst du dabei?"

„Dass du mich das fragst! Denn ich wollte dich gerade fragen, ob du denn nicht meinst, dass Hannas Reise Hannas Flucht gewesen sei? Wolltest du nicht weg, einfach mal weg und neu anfangen?"

„Ich weiß es nicht. Nicht so unbedingt, aber dann doch. Es ist mir nicht klar. Ich wollte nur reisen, ein Jahr durch Südamerika. Aber dann bin ich ja geblieben. **Zwanzig** Jahre in Kolumbien. Ja, ich glaube, dass ich da dann einfach ein anderes Leben auf mein bisheriges aufpfropfen wollte."

Argentinien war Hannas erstes Ziel. Sie wollte alleine bleiben, sie wollte alleine reisen. Die Zeit ihrer Erkrankung war vorbei. Sie bejahte sich, sie bejahte ihr Leben. Sie konnte Abschied nehmen von ihrem Bezugssystem in der Klinik, in der sie innerhalb von Monaten große Teile ihrer Kindheit und frühen Jugendzeit aufgearbeitet hatte. Sie hatte in der Therapie neue Erfahrungen gemacht. Etwas geschah in ihr, es vollzog sich. An dem Tag, an dem sie im Park lag und sah, dass die Natur in prächtige und intensive Farben getaucht war, wusste sie, dass in ihr etwas neu geworden war. Es war ihr, als ob die Welt tatsächlich zuvor Grau in Grau gewesen war. Da wusste sie, dass in ihr selbst etwas geschehen war, dass sie Augen bekommen hatte und nun Leben mit all seinen Farben sah. Etwas hatte sich in ihr vollzogen und würde sich weiter vollziehen. Etwas wurde in ihr, das sie nicht kannte, das sehr wehtat.

Aber jetzt hatte sie Abschied genommen. Zwar war das nicht einfach gewesen, sie stürzte in eine heftige Krise, wollte sich das Gesicht ritzen, fiel noch wie in ein riesiges Loch, aber dann brach es aus ihr heraus: „Ich will nicht gehen. Ich will nicht. Es tut mir weh."

Sie fühlte in diesem Moment, wie ihre Seele in zwei Hälften brach. Sie wurde verrückt vor Schmerz, schrie und schrie die Therapeutin an. Die sie doch so sehr geliebt hatte in diesen vier Monaten, die doch so sehr ihre Mama war. Warum musste sie gehen? Dann hörte sie die ruhigen Worte der Therapeutin und dass sie auch traurig wäre, dass sie, Hanna, gehe. Sie wurde geliebt. Und sie weinte und weinte und weinte. Sie weinte zwei Tage lang. Dann packte sie ihre Koffer, nahm von jedem Abschied und ging zurück in ihr Zuhause. Es war ein anderes als das, welches sie bei den Eltern gehabt hatte. Dieses, in welches sie jetzt ging, das war ihres. Da hatte sie auch manchmal Freunde, die sie besuchten.

Und nun saß sie im Flugzeug. Argentinien war ihr erstes Ziel. Sie wusste nicht viel von Argentinien. Sie war nicht der Typ, der eine Reise vorbereitete. Sie war es gewöhnt, einfach loszugehen. Das South-America-Handbook reichte ihr. Sie verstand nicht jedes Wort, da es in englischer Sprache geschrieben war, aber es würde genügen. Spanisch zu lernen, war ihr wichtig, darauf hatte sie sich konzentriert. Das andere würde kommen, so wie immer alles kam. Aber Spanisch wollte sie können, um zu verstehen, was neben ihr gesagt wurde, um zu hören, ob sie in Gefahr war. Denn sie wollte alleine reisen, alleine bleiben. Es war ihre Reise.

Alles lief gut. Flug, Ankunft – sie war da. Als sie die Treppen hinunter ging: „Argentinien, ich bin da!" Als ihre Füße den Boden berührten, hatte sie das Gefühl: „Ich bin angekommen."

Sie war auf der Reise ihres Lebens und sie war angekommen.

„Du, Ruth ..." Eine kleine Hand schiebt sich sachte und vorsichtig in die meine. Ich spüre es aber sofort. Sie wird bestimmt gespürt haben, dass mein Herz ausgesetzt hat. Schreck lass nach! Was tut sie da? Ich werde immer steifer. Ich spüre aber, dass ihre Hand angenehm warm ist. Ein Lächeln huscht über meine Lippen, sie bemerkt es.

Ich stelle mir vor, wie es wäre, wenn sie mit einem Plüschröckchen auf meinem Schoß sitzen würde. Ich kichere in mich hinein. Plüschröckchen. Jeans täten's auch. Jetzt ist sie es, die grinst. Also, dann ist ja die Harmonie wiederhergestellt, ich habe mich wieder ins Flapsen gerettet. Geht immer. Puh! Ist noch mal gut gegangen.

„Also, Ruth. Es war echt abenteuerlich für Hanna. Von Argentinien ging sie nach Chile, Bolivien, Peru, dann nach Ecuador – ja, und dann, wollte sie ja eigentlich nicht nach Kolumbien, sondern nach Kuba. Dann nach Nicaragua und danach wollte sie wieder zurück nach Deutschland. Also, das waren Hannas Pläne. Aber Hanna war auch chaotisch, ziellos, planlos, obwohl sie ihre Reise doch geplant hatte!"

Ruth grinst mich an. „Das sollte dir ja bestens bekannt sein, liebe Ruth."

„Ja, aber ich strenge mich sehr an, weißt du, echt. Ich verwende wirklich Mühe darauf, zu planen, zu strukturieren, ordentlich zu sein."

Ihr Grinsen wird breiter. Wieso grinst sie? Ist sie etwa schuld daran, dass ich immer noch so chaotisch bin? Jetzt lacht sie sogar. Also so was! Strukturhilfe wird sie mir wohl nicht werden.

„Pause, Mädchen, ich brauch 'ne Pause."

Fast ein Date

Ich sitze am Computer, ich grinse. Schon, als ich den Deckel meines Laptops hochklappte, musste ich grinsen. Denn unwillkürlich freute ich mich auf mein Date mit der kleinen Ruth. Ob sie wohl kommt? Wo sie wohl ist? Ich ertappe mich dabei, dass ich mich auf sie freue. Hoffentlich kommt sie. Ich habe sie lieb. Sie kommt nicht? Na ja, gut, ich kann sie also nicht herbeizaubern. Dabei bin ich sicher, dass sie irgendwo sitzt. Und zwar hier drin, in der Wohnung. Ich bin überzeugt, dass sie hier ist. Na ja, gut, schreibe ich eben die Geschichte von Hannas Reise weiter.

„Wieso willst du überhaupt was über Hannas Reise schreiben?"

Wieso kommt sie eigentlich immer, wenn ich es nicht erwarte? Und so unangenehm.

„Wieso unangenehm? Du hast grad gesagt, du hast mich lieb. Gestern sagte ich dir, dass dies das Schlüsselwort ist für meinen Zugang zu dir."

„Du hast mich überrascht. Wieso überraschst du mich immer? Du machst mir Angst." Mist, was ist los mit mir? Ich wollte doch, dass sie kommt.

„Ruth, es tut mir leid, dass ich dich angefahren habe. Vergib mir." Es tut mir leid. Was ist los mit mir? Was ist die Angst?

„Ruth, bitte komm zurück. Vergib mir." Ich muss mich ablenken.

Das kleine Mädchen schrie den Vater an. Sie schrie und schrie und schrie und schrie. Sie hatte sich unter dem Tisch versteckt. Sie schrie ihn an, schrie unter dem Tisch hervor. Die Mitpatientinnen schwiegen erschrocken. Der Vater war still. Er blickte das Mädchen an und schwieg. Alles war eine Weile still. Die Mitpatientinnen schwiegen und waren still, der Therapeut schwieg und war still, und Hanna kam schweigend und still unter dem Tisch hervorgekrochen und ging zum Therapeuten. Dieser gab Hanna ein Werkzeug in die Hand, damit sie weiter an ihrem Holzschemel arbeiten konnte. Hanna fühlte sich elend. Was war passiert?

Hanna ging zu ihrer Therapeutin. Sie hatte einen Termin.

„Ich weiß nicht, was los war. Ich weiß nicht, was geschehen ist. Doch, es fällt mir wieder ein. Ich wollte nicht mehr runter in die Therapie zu ihm. Ich wollte nicht mehr. Ah, er hat sich in die Nägel gesetzt, die in meinem Hocker steckten. Nein, ich kann nichts dafür. Er hat nichts gesagt, er hat mich nicht geschimpft. Aber ich geh' da nicht mehr hin. Er schlägt mich tot. Der Vater schlägt mich tot. Aber meine Bezugsschwester sagte, ich müsse da runter. Es war schon viel zu spät. Aber sie sagte immer wieder zu mir, ich müsse da runter. Sie war richtig streng. Deswegen bin ich runter. Da stand der Therapeut. Die anderen haben alle schon an ihrem Holzstück gearbeitet. Er hat nur gesagt: ‚Wo waren Sie?' oder so was. Aber dann war da nur noch die Angst. Die Angst ist unter den Tisch geklettert und hat ihn angeschrien. Die Angst hat den Therapeuten angeschrien. Die Angst hat nur noch geschrien und geschrien."

„Nein, ich habe geschrien", meldet sich Ruth zu Wort.

„Oh, Ruth, danke, dass du wiedergekommen bist. Hast du gehört, es tut mir leid, dass ich dich angefahren habe. Vergib mir."

„Ja, ich habe dir schon längst vergeben. Ich weiß, dass du in bestimmten Situationen so reagierst. Es tut mir weh, es ist, als ob du mir ins Gesicht schlägst. Aber ich bin gekommen, um dir zu sagen, dass ich es war, die damals so geschrien hat. Nicht Hanna, ich war es. Hanna hat das damals noch nicht kapiert. Aber ich habe damals begonnen, Leben zu bekommen. Dort in der Klinik. Hanna hat zum ersten Mal begonnen, mir Leben zu lassen."

„Ich versteh's nicht, Ruth. Ich versteh's nicht".

„Ja, weißt du, Ruth, du hast sehr früh damit angefangen. Ich weiß, dass du mich nicht mehr ausgehalten hast. Ich habe gelitten unter den Schlägen des Vaters, unter den Schlägen der Mutter, unter dem Gelächter der Geschwister. Unter der Einsamkeit. Und dass mich niemand wollte. Dass ich immer wieder weggestoßen wurde. Aber ich, Ruth, ich wollte leben. Trotz allem, Ruth, wollte ich leben. Ich habe das Leben geliebt. Einfach um des Lebens willen habe ich gelebt und das Leben geliebt. Ich habe geatmet und die Sonne gerochen. Ich habe den Duft der Farben in mich aufgesogen. Ich habe mein Leben geliebt. Deswegen habe ich immer weiter gelebt und weiter gelebt und weiter gelebt. Auch wenn du dich immer weiter von mir entfernt hast. Du hast mich immer weiter abgeschnitten, du hast mir immer mehr den Zugang zu dir verweigert. Du hast alle Wege zugeschüttet. Ich bin immer einsamer geworden. Die Decke des Schweigens ist immer dichter über mir zugewachsen. Und dann, weißt du, es war nicht gut, wie du angefangen hast mit den Drogen. Und dann noch mit dem Alkohol – ich habe da noch ein bisschen gelebt. Erinnerst du dich daran, ich war noch das Kind, ich mit dir, als du damit angefangen hast. Nicht nur der Vater wollte mich töten, nicht nur die Mutter wollte mich töten. Auch du wolltest mich töten. Deine Worte an mich haben mich verletzt. Deine Missachtung hat mir wehgetan. Deine Geringschätzung hat meinen Schmerz und meine Einsamkeit vergrößert. Und damals, Ruth, in der Klinik, hast du zum ersten Mal zugelassen, dass eine Frau mich lieben kann. Die Therapeutin konnte mich mit ihrer Liebe berühren, weil du begonnen hast, ihr zu vertrauen. Du hast plötzlich keine Gewalt mehr angewandt. Du hast Liebe gerochen und sie nicht mehr bekämpft. Deswegen konnte ich dort zum Leben in dir erwachen. So, wie ich jetzt leben kann in dir. Wenn du mir sagst, dass du mich liebst, bin ich plötzlich da und du spürst mich in dir. So war es damals mit Hanna in der Klinik. Aber dann kam diese Geschichte mit diesem Therapeuten und den Nägeln. Zuerst hast du noch gelacht wie alle anderen. Denn es war ja auch wirklich lustig. Wie er sich mit seinem großen, breiten Hintern in die Nägel des umgedrehten Schemels gesetzt hat."

„Ja." Unwillkürlich muss ich grinsen.

„Aber dann, Ruth, Hanna hat mich nicht gekannt. Aber in dem Moment, Ruth, hat sie mich gespürt, meine Angst. Meine riesengroße Todesangst vor dem Vater, der auf mich einprügelte, weil ich ihm nicht so helfen konnte, wie er wollte. Ich war zu klein. Meine Hände waren noch zu klein. Ich musste den rostigen Reifen halten, während er ihn mit dem Hammer über das Fass schlug. Aber der Reifen schnitt mir in die Hände. Meine Hände waren rostig und blutig. Ich habe den Reifen losgelassen vor Schmerz. Ruth, fast hätte er mich totgeschlagen deswegen. Ich bin nur noch weggerannt. Hanna wusste das damals nicht mehr. Sie kannte weder mich noch den Vater. Sie lebte nur noch im Alkohol. Das war ihr Leben. Sinnlose Destruktion."

„Und jetzt, Ruth? Und jetzt? Was soll ich jetzt tun? Ich bin bald sechzig! Habe ich überhaupt noch eine Chance?"

„Ja, damals in Kolumbien hat Hanna aufgehört, Hanna zu sein und hat begonnen, zu Jesus zu gehören. Kannst du dich noch erinnern an die Schule, die du aufgebaut hast in Kolumbien? Das war nicht mehr Hanna, das warst du. Hanna hatte sich verrannt in ihre Idee, was Liebe bedeutet. Damals, als sie den Mann in Kolumbien kennengelernt hatte, da hatte sie sich verrannt in die Idee, endlich ihren Vater heiraten zu können. Sie wusste das nicht. Aber deswegen ist sie so forsch auf diesen Mann zugegangen, der da so betrunken und schwankend auf der Straße stand und seinen Verkaufsschlager sang. Schnell ist ihr klar geworden, dass ihr verzweifelter Kampf gegen seine Trinksucht ihr tiefster innerster Wunsch war – dass endlich ein Mann wegen ihr mit dem Trinken aufhören würde, um sie zu lieben. Der Mann, der sie missbrauchte, schlug, ausnutzte, aber endlich hatte sie ihn gefunden. Und endlich würde der Vater sein Leben ändern, nicht mehr trinken, sondern sie lieben. – Erinnerst du dich, Ruth? Du bist in die Haut Hannas geschlüpft, um endlich frei zu sein. Aber du warst nicht frei. Du bist nur in andere Art von Gebundenheit geschlüpft. Doch für Jesus gibt es keine Gebundenheiten, die er nicht schon längst gelöst hätte. Du standest wieder vor Trümmern deiner Träume. Träume, die Hanna von der großen weiten Welt hatte und von Freiheit und Unabhängigkeit. Aber dann hast du ‚Ja' gesagt und deine Hand Jesus gegeben. Oh, habe ich mich gefreut! Denn ich war ja die ganze Zeit bei ihm. Nur du nicht! Du warst so weit weg. Und Jesus hat dich genommen und dich dahin geführt, wo er wusste, da kannst du beginnen, Liebe zu geben und zu heilen. Bei ihm und bei den geistig behinderten Kindern in Florecer. Er hat dich geführt, diese Schule aufzubauen. Er hat dir geholfen, dich geführt, dich gesegnet und die gesegnet, die mit dir waren. Er hat ein Werk geschaffen mit deinen Händen. Dann hat er es vollkommen gemacht, nicht mehr mit deinen Händen, aber mit deinem Gehorsam. Und nach einigen Jahren standest du wieder vor Trümmern. Aber es waren die Trümmer deiner Träume und nicht des Werkes, das Jesus tun wollte. Und du hast das verstanden. Und das wiederum, Ruth, war ein weiterer Schritt von dir auf mich zu."

„Warum? Ich verstehe das nicht."

„Weil du gereift bist in Christus und damit immer bereiter wurdest für eine Begegnung mit mir. Denn Jesus wollte dich heilen, wollte dich versöhnen mit deinem Vater und deiner Mutter, mit deinen Geschwistern, mit deinem Leben. Doch dazu musstest du zuerst bereit dafür werden. Du aber warst noch voll Hass, voll Zorn, voll Selbstgerechtigkeit. Arrogant und von dir überzeugt. Mit den Trümmern von Florecer wurde auch dein Traum von dir selbst zertrümmert. ‚Siehe, ich mache alles neu! Jetzt wächst es auf, siehst du es denn nicht?' Das macht Gott, Ruth. Und das hat er mit dir gemacht! Du hast noch ein Leben vor dir. Ein Leben, Ruth, nicht nur ein paar Jahre, zwanzig oder dreißig oder vierzig. Nein, ein Leben mit Gott. Und für ihn. Gebrauche es! Für ihn! Das willst du doch!"

„Aber Ruth, du bist gar nicht kindlich. Du redest gar nicht kindlich mit mir. Du bist doch mein inneres Kind! Warum redest du so erwachsen mit mir? Warum weißt du so viel? Dinge, die nicht einmal ich weiß? Ich bin doch die Erwachsene."

„Ich weiß, weil ich lebe. Und ich rede, weil du selbst mich zum Leben erweckt hast und mich leben lässt. Ich danke dir dafür, Ruth. Ich liebe dich dafür, Ruth. Ich weiß um deine Anstrengungen, einen schweren Moment nach dem anderen auszuhalten. Ich weiß, wie du dich fühlst, wenn meine Empfindungen in dir hochschwappen und du Tage lang herumläufst und das Gefühl hast, du bist nicht richtig im Kopf. Aber du hältst mich aus. Es ist wunderbar, Ruth. Ja, es stimmt. Ich bin nicht mehr vor der Tür. Ich bin hier drin bei dir. Ich habe mich eingenistet."

Ich grinse, ich liebe sie, ich liebe dieses Mädchen. Sie hat recht mit allem, was sie zu mir sagt. Aus Trümmern wurden Träume, aus Träumen wurden Trümmer und aus Trümmern wurde mein Leben mit ihr zu einem wunderbaren Traum, der Wirklichkeit ist.

Heute ein richtiges Date

Ich esse. Ich spüle. Schnell muss es gehen. Ich grinse vor mich hin. Ich freue mich. Heute habe ich ein Date mit ihr. Nein, nichts ausgemacht. Oder vielleicht doch ausgemacht? Vielleicht im Herzen ausgemacht? Na gut! Eben im Herzen ausgemacht. Ist ja auch schön, wenn man im Herzen ein Date ausmacht.

Ich schreibe meinem Bruder: „Nein, ich habe gestern Abend nicht angerufen." Nö. Gestern hatte ich fast ein Date, aber heute habe ich eins und ich freue mich darauf.

„Na, he, Ruth, wo bist du?"

„Du bist aber gut aufgelegt heute Abend", sagt sie zu mir. Sie tut nur so, sie weiß es doch längst. Sie weiß doch längst, dass sie in meinem Herzen sitzt. Ich höre sie lachen. Ich liebe dieses Lachen. Oh Mann, wie ich es liebe, dieses Lachen. Ich will sehen, wie sie glücklich ist. Ich bin auch glücklich.

„Weißt du noch, Ruth, damals beim Klettern? Fast wäre ich abgestürzt."

Sie prustet los. „Ja".

„Wieso bist du so fröhlich? Ich hätte tot sein können!"

„Ja, aber du hattest Schutzengel!"

„Was?"

„Ruth." Jetzt wurde sie ernst. „Du warst stockbesoffen am Abend vorher. Du warst immer noch angetrunken, als du hochgeklettert bist. Du hast an nichts gedacht, du hast mit deinem Leben gespielt."

Ja, ich erinnere mich. Wir waren alle betrunken, die Nacht draußen, der Alkohol, früh am andern Morgen sind wir los.

„Hexle, du schaffst es", grölte Mikke vom anderen Felsen herüber.

„Mist", dachte ich verzweifelt, als ich den nächsten Haken links von mir nicht greifen konnte. Ich hatte nicht aufgepasst, als der Vorsteiger mir erklärte, wie ich das kleine Hilfsseil handhaben müsse, um über die Schräge zu kommen. Ich schaffte es nicht, mich mit den Fingern hinüber zum Haken zu hangeln. Ich brauchte dieses Hilfsseil. Aber ich wusste nicht, wie ich mich halten sollte mit meiner rechten Hand am Haken rechts, gleichzeitig mit einem Seil zu hantieren und dann mich auch noch nach links zu einem anderen Haken zu ziehen. Ich spürte, wie die Finger meiner rechten Hand langsam kraftlos wurden. Der Sturz dauerte weniger als eine Sekunde. Ich hing im Seil. Mikke schrie nicht mehr. Alles war erstarrt. Die Zeit war erstarrt. Dann, langsam spürte ich den Zug am Seil. Es schnürte mir die Arme ab, oben an den Achseln. Ich spürte nichts mehr. Aber ich war oben.

„Hexle, du schaffst es", klang es nach in mir. Aber ich war betrunken. Am Abend vorher war ich betrunken, am

Abend danach war ich betrunken. Immer war ich betrunken. – Ruth, mir war alles egal. Mein Leben war mir egal. Als Walter gestorben ist, da war mir dann alles egal."

„Ja, dir war alles egal. Selbst ich." Sie bekam Tränen in die Augen.

„Ruth, das tut mir leid. Vergib mir, ich wusste ja nicht, dass ich lebe. In mir war alles tot. Von dir wusste ich nichts. Weißt du, in Kolumbien wurde das anders. Hanna war am Theater angestellt. Aber ich habe eines Tages die Bibel in die Hand bekommen. Ich habe Jesus kennengelernt. Hanna ist gescheitert. Sie stand wieder mal vor den Trümmern ihrer Träume. Sie hatte sich in einen Mann verliebt, der ein Trinker war. Wie ihr Vater. Nur betrunken. Ihr Leben lag in Ruinen. Sie war nicht mal mehr sie selbst. Sie war ein Wrack, ein Bündel aus Abhängigkeit und Angst. Aber jemand gab ihr die Bibel. Sie wollte sterben. Aber ich wollte leben. Ich habe jedes Wort aus diesem Buch aufgesogen: ,*Ich habe dich von eh und je geliebt. Aus lauter Güte habe ich dich zu mir gezogen. Du hast mir Mühsal gemacht mit deinen Missetaten. Aber in die Hände habe ich dich gezeichnet. Deine Mauern sind stets vor mir*.' – Ich habe gelesen und gelesen, Ruth. Ich habe jedes Wort in mich aufgesogen. ,*Fürchte dich nicht, denn ich habe dich erlöst; ich habe dich bei deinem Namen gerufen; du bist mein. Weil du in meinen Augen so wert geachtet und auch herrlich bist und weil ich dich lieb habe. So fürchte dich nun nicht, denn ich bin bei dir. Ich bin bei dir, der Herr, dein Gott*.' – Hanna gab es nicht mehr, denn ich wollte leben. Nicht mehr in Hannas Freiheit, sondern in Jesu Geborgenheit und Liebe. Ich habe ihm mein Leben gegeben. Und was Florecer anbetrifft, gab es zum

Schluss auch nur Trümmer. Es war so schwer am Anfang. Ich war so alleine mit der Arbeit. Tag für Tag. Aber dann, mit den Jahren, hatte ich feste Mitarbeiterinnen. Die Schule wurde größer, wir hatten einen festen Schülerstamm. Unser Unterstützerverein in Deutschland wurde größer. In der Stadt wurden wir immer mehr bekannt und anerkannt. Es sprach sich herum, dass Florecer eine gute Schule sei. Eltern waren zufrieden, wir wuchsen zusammen. Kinder wurden glücklich. Lachen füllte die Schule, Lachen füllte mein Herz, Lachen füllte mein Leben. Es ging auf und ab, aber der Herr hielt durch. Und dann, Ruth, war alles vorbei. Von einem Augenblick auf den anderen war alles vorbei. Ich habe die Schule an Einheimische abgegeben und arbeitete von Deutschland aus für die Schule, aber im Unterstützerverein. ‚Wir teilen Ihnen mit, dass in der Vorstandssitzung vom so-und-so-vielten beschlossen wurde, die Schule ab sofort zu schließen und den Verein aufzulösen. Dieser Beschluss ist unwiderruflich!' – Fünfzehn Jahre Schule, fünfzehn Jahre Lachen, fünfzehn Jahre Freundschaft. Vorbei. Von einem Moment auf den anderen. Als ich einst wegen Walter die Polizei anrief und sie mir sagten: ‚Nein, Sie können nicht mehr zu ihm. Er ist tot', da schrie ich und schrie, und schrie – und hörte das Knacken in der Leitung. Dieses Mal schrie ich nicht. Aber es war mir, als ob sie einem Kind den Kopf abgeschnitten hätten. Einem Kind, das voller Leben war. Es war grausam. Was es fünfzehn Jahre lang gegeben hatte, gab es nun nicht mehr. Wir waren alle schockiert. So wie damals mit Walter. Was es zuvor gab, gab es jetzt nicht mehr. Es war tot. Aber damals war ich allein. Und alles war einsam. Jetzt war es fast wie gemeinsam. Wir alle hatten Florecer verloren. Nur dass es für mich eben wie ein Kind war, das sie mir aus den Händen gerissen und ihm den Kopf abgeschnitten hatten. Aber es war ein gemeinsamer Schmerz, ein gemeinsames Entsetzen, eine gemeinsame Traurigkeit. Und ich war nicht allein mit meinen Gefühlen. ‚*Weil du in meinen Augen so wert geachtet und auch herrlich* bist und weil ich dich lieb habe. *So fürchte dich nun nicht,* denn ich bin bei dir.' – Ruth, wir müssen nun zu Ende kommen. Aber ich bin froh, dass ich dich getroffen habe. Bleibst du bei mir?"

Jetzt bin ich es, der Tränen in die Augen steigen. Ich habe sie lieb gewonnen, diese Kleine. Was kann ich nur tun, um sie auch weiterhin behalten zu können? Meine Kinderseele fängt an zu weinen. Ups, was, Kinderseele? Ruth lacht.

„Frederike, du hast es kapiert. Du bist ich und ich bin du. Was nennst du mich? Wie nennst du mich? Hör auf mit diesem Versteckspiel, tanz lieber Ringelreihen mit mir. Ich liebe dich, ich bin dein und du bist mein."

Ich weiß es nicht, ich weine, aber ich will mit ihr gehen. Ich habe mich verliebt in meine kleine Ruth. Die Ich geworden ist. Sie lacht.

„Damals, Ruth, als du mit Hiob auf und ab gegangen bist. Und wieder rauf und wieder runter und mitten durch, da bist du stark geworden. Du hast zu mir gehalten. Du warst verletzt, aber in mir war auch noch alles wund. Du hast geweint, geschrien vor Schmerz, und ich habe geweint. Du hast es ausgehalten. Du hast mich ausgehalten. Du warst verwirrt. Du wusstest nicht mehr, wer du bist. Aber du hast auf mich geachtet. Nicht wie Hanna, die alles hinter sich lassen wollte, ihre Freiheit wollte und doch nur weggelaufen ist. Du hast deine

Verlorenheit ausgehalten und mich gewonnen dabei. Denn dass du dich ausgehalten hast, gab mir die Sicherheit und ich wollte nur noch zu dir."

„Was?" Meine Tränen sind versiegt. „Was?" Sie redet immer noch kompliziert.

„Ich bekam Sicherheit, weil du stark warst, als du dich an Jesus festgehalten hast. Sozusagen wusstest du jetzt mit diesem Hilfsseil umzugehen. Du hast dich festgekrallt. Und das gab mir die Sicherheit, sein zu können in dir. Du hast ausgehalten und geweint. Du bist getröstet worden von Gott, du hast den Trost empfangen und ich bin getröstet worden von dir in meinem Schmerz, in meiner Einsamkeit. Mein Vertrauen zu dir wurde stärker, ich spürte dich mehr und mehr. Ich wollte nur noch zu dir. Du warst keine Gefahr mehr für mich. Ich wollte nur noch sein, die du bist und wo du bist."

„Wo bin ich?"

„Geborgen in Christus. Da ist keine Gefahr mehr für mich. Da ist Liebe. Ich habe keine Angst mehr. Du bist geheilt. Christus hat dich geheilt." Sie schlägt die Hände über ihrem Kopf zusammen und grinst. Komisch sieht das aus. Ich grinse auch.

Ich weiß, was sie sagen will. Vor mir taucht ein Foto auf. Ich bin sechs Jahre alt und sitze mit einer Schultüte auf einem Stuhl. Die Schultüte gehörte mir nicht. Die Zahnlücke gehörte mir, das Kleid, das ich anhatte, gehörte mir. Meine Mutter hatte es genäht. Ich lächle in die Kamera. Bestimmt hatte der Fotograf gesagt, dass ich jetzt lächeln solle. Ob er auch noch sagte, ich solle in dieses Loch gucken, welches da oben bei der Kamera erschien, da käme der Kuckuck, daran erinnere ich mich nicht mehr. Aber sollte er es gesagt haben, so bin ich sicher, dass ich es ihm geglaubt hatte. Ruth lacht.

Ich weiß, wer das Mädchen war, das da saß. Jetzt kenne ich sie ein bisschen besser!

Wenn ich groß bin,
Dann spiele ich mit meiner Puppe
Im Sandkasten.
Ich backe ihr einen Kuchen,
Denn ich habe sie lieb.
Sie ist mein Kind.
Mein Bär ist der Vater,
Er ist ein guter Vater.
Er hat die Puppe auch lieb;
Und mich auch.

Wenn ich groß bin,
Weine ich all den Schmerz
Um meine verlorene Puppe
Und um meinen Bären, den
Ich nicht hatte.

Wenn ich groß bin,
Weine ich all meinen Schmerz –
Wenn ich groß bin,
Kann ich das, weil
Ich dann nämlich groß
Bin.

Es gibt Rosen
Und es gibt Tulpen;
Es gibt Nelken

Und Vergissmeinnicht;
Es gibt so viele verschiedene
Blumen
Und jede ist schön,
Und jede ist besonders schön
Und jede ist etwas Besonderes
Für mich;
Und jede habe ich besonders gern.

Wenn ich groß bin,
Pflücke ich meiner
Puppe einen Strauß
Voll mit all meinen besonderen
Blumen –
Oh, er ist bunt!
Blau, rot, gelb, grün –
So bunt wie die ganze
Welt!

Wenn ich groß bin,
Schenke ich ihn
Meiner Puppe.
Meine Puppe hab ich lieb.
Meine Puppe bin ich.

Wenn ich groß bin,
Mag ich mich;
Dann wein ich – aber weil
Es schön ist,
Dass ich mich mag.

Troika mit Karamasow

von Pia Weißenborn

Der zweite Weihnachtsfeiertag war fast vorüber. Sie saß zusammengekauert in ihrem roten Sessel. Vor ihr auf dem runden Tisch standen das Laptop und ein hoher Kerzenständer aus Bauernsilber. Die rote Kerze darin war nicht angezündet. Aus der Ecke leuchteten die elektrischen Kerzen des kleinen, mit Silberkugeln und Glasvögeln geschmückten Weihnachtsbaumes. Sein anheimelndes Licht blieb unbeachtet.

Der unbeteiligte Betrachter hätte nichts Außergewöhnliches an dieser Szenerie gefunden. Es hätte ihn höchstens verwundert, dass eine Frau am Feiertag allein im festlich geschmückten Wohnzimmer saß. Sie wusste in diesem Augenblick nicht, ob Gesellschaft erwünscht war oder nicht. Einerseits hätte eine Aussprache Klarheit bringen können, andererseits war sie sprachlos. In den vergangenen Jahren hatte ihre Mutter auf dem Nachbarsessel gesessen, Weihnachtspost vorgelesen und von Bekannten und Verwandten erzählt. In diesem Jahr konnte die alte Dame nicht mehr anreisen. Sie war zu gebrechlich geworden. Solange ihre Erinnerung reichte, hatte sie das Weihnachtsfest, oft bis zum Dreikönigstag, mit ihrer Mutter verlebt, zuerst als Kind im fröhlichen Trubel der Großfamilie, dann, nach dem frühen Tod des Vaters als Jugendliche und Studentin in harmonischer Zweisamkeit. Nach ihrer Heirat wurde die Mutter ein geliebter Weihnachtsgast in ihrer eigenen wachsenden

Familie. Ihre drei in rascher Folge geborenen Söhne liebten Weihnachten mit seinen Geheimnissen, Musik und Gesellschaftsspielen sehr. Weihnachten war ein Familienfest, dessen Inszenierung sie gern betrieb.

Sie erinnerte sich. An der Hand ihres Vaters führte der Weg sie nach dem Besuch der Christvesper im Dom über die Johannisgasse nach Hause. Sie hatte ihren roten Wollmantel angehabt. Es war kalt gewesen. „Oh, du fröhliche …", summten beide und sahen sich dabei lächelnd an. Es war ein kleines Ritual, das nur ihnen gehörte. Gemeinsam suchten sie hinter den Fenstern nach den erleuchteten Christbäumen. Es gab große und kleine, mit bunten oder silberfarbenen Kugeln oder mit Strohsternen geschmückte, mit Glitzerschnee bedeckte oder mit Lametta behangene. Ihr Baum daheim würde groß sein und mit seinen Holzfiguren, Schokoladenkugeln, silbernen Vögeln, roten Holzherzen und schwerem Lametta all ihre Erwartungen jedes Jahr aufs Neue übertreffen. An der Spitze des Baumes hing stets der uralte Pappstern mit der roten Inschrift „Große Freude". Das Warten, währenddessen hinter den Fenstern der anderen schon die Lichter leuchteten, war nicht leicht. Das Weihnachtsprogramm stand traditionsgemäß fest und nahm keine Rücksicht auf kindliche Ungeduld. Erst würde es ein festliches Abendbrot geben, dann würden ihre großen Geschwister Klavier spielen, Gedichte aufsagen, den Eltern selbstgebastelte Geschenke überreichen. Von ihren Schwestern als Christkind verkleidet, sollte sie auch ein kleines Gedicht aufsagen: „Ich schenk dir was! Was ist denn das? Ein silbernes Warteinweilchen, und ein goldenes Nixchen in einem niemalenen Büchschen." Hoffentlich würde sie nicht steckenbleiben. Niemalenes Büchschen? Sie wusste gar nicht so richtig, was man sich darunter vorstellen sollte. Sie hoffte auch, dass die Flügel hielten, die ihre älteste Schwester aus Goldpapier geschnitten hatte! Sie zog den Vater zunehmend ungeduldig mit sich, der es gar nicht so eilig zu haben schien, sondern Freude daran hatte, mit ihr durch den glitzernden Schnee über die alte Muldenbrücke heimwärts zu laufen.

Als sie 12 Jahre alt war, starb kurz vor Weihnachten ihr Vater. Er war ihr Weihnachtsverzauberer gewesen. Traurig ging sie am Heiligabend allein über die verschneite Muldenbrücke, absichtlich langsam laufend. Ihr wurde in diesem Moment der große Verlust bewusst. Das Leben würde sich ändern. Aber sie war nicht allein zurückgelassen worden. Gemeinsam mit der Mutter und den nun schon erwachsenen Geschwistern wurde dann das Fest so begangen, wie er es sich gewünscht hätte. Auch in den darauffolgenden Jahren hatte sie mit ihrer Mutter die Festtage in ihrer Heimatstadt verbracht. Diese Weihnachten genossen beide. Sie hatten vierhändig weihnachtliche Klavierstücke gespielt, Post gelesen, Geschenke ausgepackt und falschen Hasen gegessen. Einmal war der ganze Erste Weihnachtsfeiertag über dem Lesen des viktorianischen Kriminalromans „Die Frau in Weiß", den ihr die Brieffreundin aus Bochum geschickt hatte, vergangen. War er den Paketkontrolleuren entgangen? Wie auch immer, das Buch hatte den Weg von Westdeutschland zu ihr geschafft und wurde verschlungen. Die Mutter hatte sich etwas über diesen alles andere ausschließenden Leserausch geärgert.

An einem Heiligabend wurde die Verlobung mit Georg gefeiert. Er hatte nichts dagegen gehabt, auf diese etwas altmodische Weise in ihre Familie einzutreten. Sie hatte fest geglaubt, mit ihm eine bereichernde, verlässliche und zugleich erlebnisreiche Beziehung führen zu können. Mit vielen roten Holzherzen hatten beide den Weihnachtsbaum am Verlobungstag geschmückt. Verliebtheit, das prickelnde Sichfinden! Das erhebende Gefühl, dass ein wunderbares Leben beginnen würde! Er war eloquent gewesen, wenn auch manchmal zu gesprächig. Er war unterhaltsam gewesen, wenn auch manchmal zu witzig. Heute nun saß sie allein hier. Die Söhne besuchten Freunde in der nahegelegenen Stadt. Ihren Mann Georg hatte sie vor zwei Stunden in die Psychiatrie bringen müssen. Die Einsamkeit war nur ein äußerliches Zeichen des Trümmerberges, auf dessen Spitze sie sich nun wie in Trance drehte.

Seit jeher hatte sie sich die Realität nach ihren Vorstellungen zurechtgeträumt. Und so hatte sie nicht bemerken wollen, wie ihr Mann die Fäden seines Lebens allmählich verlor, einen nach dem anderen. Das war nicht von heute auf morgen passiert. Er wollte zunächst nicht mehr lesen und reden. Er wollte keine Menschen mehr treffen. Er ging nicht mehr zur Arbeit, er stand nicht mehr auf. Er kam nur zu den Mahlzeiten nach unten. Er wollte sich nicht mehr am familiären und beruflichen Leben beteiligen. Die Krankheit hatte einen Namen und war ihr bekannt. Eine gewisse Gewöhnung an seinen Zustand war eingetreten. Aber am Heiligabend hatte er plötzlich seinen Kleiderschrank ausgeräumt, die Hosen und Hemden in die von ihm mit kaltem Wasser gefüllte Badewanne geworfen.

„Was tust du da?", hatte sie ihn fassungslos gefragt.

Er sagte nur: „Wir fahren doch morgen nach Venedig."

Auf diese absurde Aktion war sie nicht vorbereitet gewesen. Wie sollte man sich verhalten? Gab es Regeln dafür? War das wirklich noch ihr Leben? Sie verstand überhaupt nicht, was sich vor ihren Augen abspielte. Dieser Ausbruch zeigte ihr jäh das ganze Ausmaß der Zerstörung seines Wesens. Das Chaos machte sich breit, dazu kamen ihre innere und äußere Erschöpfung. Was konnte sie dem entgegensetzen? Es half kein Optimismus mehr und kein gutes Zureden. Sie hatte versucht, ein Weihnachtsfest nach ihren Traditionen und Vorstellungen zu gestalten und mit den Söhnen einen Christbaum besorgt und geschmückt. Sie waren zur Kirche gefahren und hatten „Oh, du fröhliche ..." gesungen. Es hatte falschen Hasen und Kartoffelsalat gegeben. Nutzlos! Ihre Vorstellungen und Traditionen hatte den Verlauf dieses Weihnachtsfestes nicht verändern können.

Wie könnte es weitergehen mit ihr und ihrer Familie?

Kommentarlos hatte Georg sich in die psychiatrische Klinik fahren lassen. Beide kannten sie diese schon von zahlreichen Voraufenthalten. Diesmal musste er auf der „geschlossenen Station" untergebracht werden. Die Fenster ließen sich nicht öffnen, die Türen waren verriegelt. Diese Tatsachen erschienen ihr bedeutsam und schmerzhaft. Er hatte es ohne erkennbare Regung hingenommen. Zum Abschied hatte er leise gesagt: „Gute Reise!"

Wohin ging die Reise ihrer Familie? Wer bestimmte nun Weg und Ziel? Am Morgen des Hochzeitstages war sie allein in den Garten gegangen, um über das vor ihnen liegende Leben nachzudenken. Ja, ein behütetes Leben an der Seite ihres Mannes war ihr Wunsch gewesen. Er sollte ihr Sicherheit geben, genau, wie es ihr Vater vermocht hatte. Eine Frau unterstützt ihren Mann, schafft ihm und den Kindern ein gemütliches Heim, kocht und organisiert das soziale Netz. Sie steht jedoch in der Öffentlichkeit hinter ihm. Das war das Credo gewesen, das ihre Mutter vermittelt hatte. Trotzdem hatte die Mutter großen Wert darauf gelegt, dass ihre Töchter ein Studium abschlossen, um sich auch ohne männliche Unterstützung ernähren zu können, sozusagen als Plan B.

Dieses Leben hing von der gesicherten Position eines potenziellen Ehemannes in der Arbeitswelt ab. Er sollte die Versorgerrolle übernehmen, während die Ehefrau sich um die Kinder kümmerte. Georg war ebenfalls mit dieser Auffassung großgeworden, er hinterfragte dieses Beziehungsmodell nicht. Zunehmend wuchs in ihr Unbehagen wegen dieser Rollenverteilung, als Georgs Tatkraft nachließ und seine Ängste alle Vorhaben bremsten. Letztendlich musste sie sich in der Öffentlichkeit vor ihn stellen, die anwachsenden Probleme verschweigen und unter den Tisch kehren. So hatte sie es jedenfalls gehandhabt. War das richtig gewesen? Um der auf sie zunehmend übergreifenden Melancholie und der sich ausbreitenden Gleichgültigkeit Georgs gegenüber den Belangen des tatsächlichen Lebens entgegenzuwirken, hatte sie ihren Beruf zumindest halbtags ausgeübt. Aber wo stand sie jetzt? Hatten ihre Vorstellungen überhaupt noch ein reales Fundament? Hatte ihre Mutter selbst überhaupt so gelebt? War diese nicht nach dem Tod des Vaters sehr gut mit ihrem selbstbestimmten Leben zurechtgekommen?

Ihr wurde klar, dass sich die Situation völlig verändert hatte. Es gab keinen Schutz und keine Sicherheit, hatte es vielleicht nie gegeben. Es gab nur ihre eigene Person, die die Verantwortung übernehmen musste. Um Rat wollte sie niemanden bitten, auch niemanden anrufen. Das hätte Bloßlegung des ganzen Schlamassels bedeutet. Das auf keinen Fall! Selbst musste sie einen Weg aus dem Dilemma finden. Früher hätte es ihre Mutter als Vertrauensperson gegeben. Aber diese war mittlerweile zu alt, um mit solchen Entwicklungen konfrontiert zu werden. Ihre Söhne waren noch zu jung, sie wollte ihnen keine unnötigen Lasten aufbürden. Wie viel hatten die drei wohl mitbekommen? Wie sollte sie ihnen die veränderte Situation erklären? Von Georgs irrationaler Aktion hatte sie nichts erzählt. Was das richtig gewesen?

Selbstmitleid durfte sie jetzt nicht aufkommen lassen. Was hätte es ihr gebracht? Mit Georgs Unterstützung und Hilfe konnte sie nicht mehr rechnen.

Ehe sie in die Stadt fuhren, hatten die Jungen zu ihr noch gesagt, dass sie doch einen Chatroom besuchen solle. Es tat ihnen wohl leid, dass sie allein im Haus zurückblieb. Ein Chatroom sei unterhaltsam und lustig. Sie hatten es gut gemeint. Aber, was sollte eine fast fünfzigjährige Frau ohne Erfahrungen mit digitalen Medien in einem Chatroom? Was sollte dabei schon herauskommen? Oberflächlicher Smalltalk, falsche Gefühle, verdeckte Spionage, Heiratsschwindler, Abzocke? Das niemalene Büchschen aus dem Weihnachtsvers fiel ihr plötzlich wieder ein.

Sie erhob sich aus dem Sessel, nahm ein Streichholz aus der vor ihr liegenden Schachtel und zündete die rote Kerze im Silberleuchter an. Um sich wenigstens etwas lebendig zu fühlen, nahm sie die Kerze und ließ langsam ein paar Tropfen des roten Wachses auf den linken Arm tropfen. Der leichte Schmerz auf der Haut beruhigte sie auf seltsame Weise. Fast wie ferngesteuert fuhr sie das Laptop schließlich doch hoch.

Ihr jüngster Sohn hatte den Namen des Chatrooms aufgeschrieben. Wo lag der Zettel bloß? Sie fand ihn schließlich auf dem Nachbarsessel. Nach einem kurzen Zögern gab sie den Namen des Chatrooms ein.

Bei der Registrierung kam die Aufforderung, sich einen Nicknamen zu suchen. Mit „Glitzerkugel" hatte sie kein Glück. Dieser Name war bereits vergeben. Schließlich entschied sie sich für „Haselnuss". Dieser Name erschien ihr tröstlich. „Drei Haselnüsse für Aschenbrödel" war als Kind ihr Lieblingsfilm gewesen. Eine Geschichte, in der eine Frau in tiefes Elend gestürzt wurde, woraus sie sich mit Hilfe ihres Charmes, ihrer Fantasie und der obligaten überirdischen Kräfte befreien konnte.

Im Chatroom wurde sie höflich von einem virtuellen Butler begrüßt und zu einem Sessel geführt. Sie bedankte sich. Im Raum waren schon zahlreiche Besucher versammelt und tauschten sich lebhaft aus. „Hallo!" oder „Grüß Dich, Haselnuss!" waren die Botschaften, die, in grüner, aufflimmernder Schrift geschrieben, ihr persönlich übermittelt wurden. Ständig flirrten neuen Sätze über den Monitor. Manche Nutzer verließen den Raum, andere kamen hinzu und wurden mit Küssen und Schneebällen begrüßt. Anscheinend kannten sich die meisten Teilnehmer und tauschten sich über Weihnachtsgeschenke und Speisefolgen aus. Sie verhielt sich still. Sie musste sich in dieser ihr fremden Welt zuerst zurechtfinden. „CUS" und „MAMIMA" waren häufige Botschaften, deren Sinn ihr nicht aufging. Es wurde getratscht, geküsst, intrigiert, Rosen verteilt und gemeckert – genau wie im richtigen Leben.

Plötzlich flackerte „LOL, Haselnuss" auf ihrem Bildschirm grün auf. Was hatte das zu bedeuten? Gleich darauf wurde sie mit „JF4" und „ASL" konfrontiert. Wie eine Idiotin kam sie sich vor. Blackboy, so hieß der Kontakt, ließ nicht locker.

„Ich bin neu hier", tippte sie schließlich rasch ein.

„KP", meinte er souverän. KP? „2F4U."

Oh Gott. Was wollte der bloß? Sie wünschte ihm einen schönen Abend und war froh, als das grüne Wortband erlosch. Blackboy verschwand auf Nimmerwiedersehen aus ihrem Blick. Mietzi, die sie danach antippte, wollte nur wissen, ob sie Weihnachten mochte.

„Eigentlich schon", lautete die Antwort, die rasch in den Chatroom gelangte. Zum Glück gab sich Mietzi damit zufrieden und warf SirTom einen Schneeball zu.

Kurz darauf flackerte es wieder grün auf. Zunächst kam keine sonderliche Freude über diese neue Botschaft aus der virtuellen Welt auf.

„Geben Sie mir die Ehre und steigen Sie in meine Troika ein, verehrte Golubka." Als Absender entdeckte sie Karamasow. Tatsächlich … Karamasow! Woher kannte sie diesen Namen? Da gab es doch ein Buch, einen Roman …

„Mit wem habe ich das Vergnügen?", fragte sie nach.

„Mit Pawel Karamasow, Verehrteste. Zögern Sie nicht, meine Pferde wollen loslaufen. Hören Sie doch, wie die Glöckchen an ihrem Zaumzeug klingeln?"

Die Brüder Karamasow. Wie hießen die doch gleich?

„Ich kenne keinen Pawel Karamasow. Ich kenne nur den bösartigen alten Fjodor Karamasow, den unglückseligen Dmitri Karamasow, den intellektuellen Iwan Karamasow und schließlich den frommen und ausgleichenden Aljoscha Karamasow. In dieser Familie gibt es keinen Pawel."

„Aber, mein Täubchen! Irgendwer muss doch die Geschichte erzählen. Ein Vetter, ein entfernter Verwandter. Wem wären sonst die geheimen Gedanken dieser Personen bekannt geworden?"

„Vielleicht sind Sie sogar dieser entsetzliche Koch des alten Karamasow – dieser Pawel Smerdjakow?"

„Wie kommen Sie auf diese abwegige Idee? Der hat doch seinem Leben selbst ein Ende bereitet. Zerbrechen Sie sich nicht weiter das hübsche Köpfchen und vertrauen Sie mir. Sie frieren an den Füßchen, Liebchen. Kommen Sie schnell und wärmen Sie sich in meinen Decken."

Sie stieg gedanklich in die Troika und nahm neben ihm Platz. Er schlug geschickt die warmen Decken um sie und trieb die vier schwarzen Pferde an. Und schon flogen sie durch die weite, schneebedeckte Landschaft, an Bäumen und Häusern vorbei. Aus der Ferne strahlten in der untergehenden Sonne die goldenen Kuppeln einer Kathedrale.

„Sie sind traurig, liebes Herz? Erzählen Sie mir doch, was Sie bedrückt. Schauen Sie zum Himmel hinauf. Er spannt sich immer und ewig über uns. Ist sein Anblick nicht tröstlich?"

Sie sah den lilafarbenen Himmel tatsächlich und allmählich auch den großen, Wärme ausstrahlenden Mann neben sich. Sein Gesicht blieb verborgen. Sie spürte jedoch, dass er voller Mitgefühl und Interesse war.

„Warum haben Sie gerade mich in Ihre Troika eingeladen?", fragte sie ihn schließlich.

„Kleine Madame Haselnuss, Golubka. Ich spürte Ihren Kummer. Ist Ihnen nun schon etwas leichter ums Herz?"

Erstaunlicherweise war ihr tatsächlich leichter geworden. Sie wollte mit ihm ein Gespräch führen. Es war ein Trost, dass ein Mensch mit ihr in Verbindung getreten war und sie, zumindest verbal, in warme Decken hüllte.

„Woran haben Sie denn gedacht, ehe Sie zu mir in die Troika stiegen?", setzte er die Unterhaltung fort.

„Ich dachte an die Weihnachtsfeste meiner Kindheit."

„Waren das schöne Erinnerungen?"

„Sehr schöne, unvergesslich schöne. Ich war ein glückliches Kind. Das kann ich so sagen. Weihnachten liebte ich besonders."

„*Nichts steht höher, ist stärker, gesünder und nützlicher für das uns noch bevorstehende Leben als irgendeine schöne Erinnerung, und besonders, wenn sie noch aus der Kindheit stammt, aus dem Elternhause. Wenn man viele derartige Erinnerungen mit sich ins Leben nimmt, dann ist der Mensch gerettet für sein ganzes Dasein.* Welche Erinnerung fällt Ihnen spontan ein, liebes Seelchen?"

„Ich sehe mich im roten Wintermantel an der Hand meines Vaters am Weihnachtsabend durch die verschneiten Straßen laufen. Wir schauen nach den erleuchteten Christbäumen hinter den Fenstern."

„Und warum ist Ihnen dieses Bild so wichtig?"

„Ich fühlte mich geliebt und sicher, als ob mir nichts passieren könnte. Ich konnte sorglos durch den Schnee stapfen. Es war alles genau richtig. Ich durfte unbefangen und fröhlich sein."

„Bitte, Golubka! Ziehen Sie sogleich den roten Mantel an. Seien Sie völlig frei und unbefangen. Die Troika fliegt durch endlose Weiten. Es gibt keine Hindernisse."

„Halten Sie einmal! Blicken Sie auf die Nacht! Sehen Sie, was das plötzlich für eine finstere Nacht ist! Was sind das für Wolken, was für ein Wind hat sich erhoben! Hier hatte ich mich versteckt. Sie erwartete ich eigentlich nicht."

„Sie haben die Troika irgendwie zum Stehen gebracht, meine Liebe. Es war Ihr Wille, der mich anhalten ließ", erklärte er.

„Ich habe das dürstende Verlangen, irgendeine Frage der Seele zu lösen oder einen schwierigen Augenblick im Leben des eigenen Herzens zu harmonischem Ausklang zu bringen", entgegnete sie.

„Und so trafen Sie auf mich. Was bedrückt Sie? Ich bin ein Fremder. Sie können sich mir anvertrauen. *Manchmal kommt es darauf an, dass unbedingt ein anderer Mensch da ist, ein ältlicher und freundlich gesinnter, damit man ihn in der Minute des Schmerzens rufen kann zu dem einzigen Zwecke, ihm ins Gesicht zu schauen, vielleicht ein Wörtchen mit ihm zu wechseln, wenn auch ein völlig gleichgültiges. Und wenn dieser Mensch nur nichts gegen einen hat, einem nicht zürnt, so ist es einem schon leichter ums Herz."*

„Ich habe den Boden unter den Füssen verloren. Ich frage mich, ob ich daran Schuld trage? Hätte ich besser aufpassen müssen? Habe ich zu lange geträumt, ohne die Trümmer meines Lebens wahrzunehmen?"

„Wühlen Sie nicht derart in Ihrer Seele herum, quälen Sie sich nicht mit Kleinigkeiten. Fragen Sie sich vielmehr einzig und allein, was die Angelegenheiten selbst anbetrifft."

„Ich konnte meinem Mann kein Halt sein, ihn nicht mehr aufhalten. Er musste heute in die geschlossene Abteilung der Psychiatrie aufgenommen werden. Ich stelle mir unentwegt die Frage, wie und ob ich diese Entwicklung hätte verhindern können. Außerdem weiß ich nicht, wie es nun weitergehen soll. Ich habe drei Söhne, die alle noch zur Schule gehen. Habe ich genug Tugenden aufgebracht, um unsere Familie zusammenzuhalten?"

„Was ist denn eigentlich die Tugend? Darauf antworten Sie mir, mein Mädchen. Ich besitze eine Tugend – der Chinese aber eine andere – dies ist demnach wohl nur etwas Beziehungsweises? Oder nicht? Oder ist sie nicht nur in Bezug auf anderes gültig?"

„Ich schäme mich für meine Situation. Wie konnte ich da bloß hineingeraten?"

„Tun Sie sich keinen Zwang an. Seien Sie ganz wie zu Hause in meiner Troika. Und vor allem: Schämen Sie sich nicht zu sehr vor sich selber, denn nur daher kommt dies alles, dieses Pechmariegefühl."

„Wie soll ich bloß wieder aus diesem Tal herauskommen? *Wie ist es denn bei uns? Was bei uns fällt, das liegt auch schon. Was bei uns einmal fiel, das liegt schon auf ewig. Ist es etwa nicht so?"*

„Vor allem müssen Sie Geduld haben. Seien Sie nicht so fordernd und streng mit sich selbst. Es gibt doch auch Entwicklung und Auferstehung."

„Ich hoffte dabei auf vieles, ohne zu wissen, worauf, und vieles, allzu vieles erwartete ich vom Leben, ohne indes selber sich über irgendetwas klar werden zu können, weder in meinen Erwartungen noch sogar in meinen Wünschen."

„Was wünschen Sie sich denn jetzt, in diesem Moment, meine Teuerste?"

„Meine Aufgabe ist doch wohl die: Ihnen möglichst rasch mein Wesen zu erklären, das heißt, was ich für ein Mensch bin, woran ich glaube, und worauf ich hoffe."

„Es ist mir eine Ehre, wenn Sie mir Ihr Vertrauen schenken. Ich fragte Sie nach Wünschen, nicht nach Aufgaben. Lassen wir die Aufgaben beiseite und fragen wir uns nach den Wünschen."

„Ich möchte mein Leben ändern. Ich möchte ein eigenes Leben, unbelastet von Schuld und Chaos. *Fort mit allem Früheren! Aus sei es mit der früheren Welt auf ewig! Und dass aus ihr keine Nachricht, kein Ruf mich erreiche! Auf nach einer neuen Welt, nach neuen Orten, und das ohne zu zaudern!*"

„Aber mein Täubchen, immer hübsch mit der Ruhe. Sie machen mir ja die Pferde scheu. *Wir müssen vernünftig handeln und nicht unvernünftig wie im Schlaf und Fieber, damit wir keinem Menschen Schaden tun.* Kommen Sie, lassen Sie uns ein Glas Champagner trinken. Das erscheint mir jetzt vernünftig."

Sie meinte tatsächlich, den perlenden Champagner zu schmecken und das Klirren der anstoßenden Gläser zu hören.

„*Worauf sollen wir denn trinken? Auf die Pforten des Paradieses?*", diese Frage erschien ihr plötzlich wichtig.

„*Das Paradies liegt in einem jeden von uns verborgen, und jetzt öffnet es sich gerade in mir, und wenn ich nur will, so wird es noch morgen für mich tatsächlich erstehen, und schon für mein ganzes Leben!* Diese Überzeugung möchte ich Ihnen gern vermitteln, Haselnüsschen. Auch in Ihnen schlummert das Paradies. Sie müssen nur wagen, das Tor zu öffnen und hineinzugehen."

„Ich habe schlechte Gedanken. Ich schäme mich für meine Situation und ich gerate auch in Wut, wenn ich daran denke. Das sind keine Empfehlungen für einen Eintritt ins Paradies."

„*Sie haben sich ja jetzt nicht geschämt einzugestehen, dass Sie schlecht und sogar lächerlich seien. Wer gesteht dies aber heute ein? Niemand, ja, und man hat sogar aufgehört, ein Bedürfnis zu empfinden nach Selbstverurteilung. Seien Sie aber nicht so wie alle; wenn Sie auch nur allein kein solcher bleiben, seien Sie es gleichwohl nicht."*

„Ich habe mich nicht in Ihnen getäuscht. Sie haben die Fähigkeit zu trösten. Oh, wie strebe ich zu Ihnen hin, Karamasow, wie lange suche ich schon Ihnen zu begegnen! Ich fühle mich jedoch schuldig. Hätte ich besser aufpassen müssen? Hätte ich durch irgendeine Tat, irgendein Wort den Absturz meines Mannes verhindern können? *Pawel, werden Sie mir nicht Ihre Ansicht sagen? Ich empfinde bis zur Qual das Bedürfnis, zu wissen, was Sie mir sagen werden!"*

„Wissen Sie, mein Liebchen, dass jeder einzelne von uns ganz zweifellos Schuld trägt für alle und alles auf der Erde, und das nicht nur, sofern er Anteil hat an der allgemeinen Schuld der Welt, nein, ein jeder trägt auch unmittelbar für seine Person Schuld für alle Menschen und für jeden Menschen auf der ganzen Erde."

„Das wird mich nicht entlasten. Aber dann trägt mein Mann auch Schuld. Die Schuld wird immer nur mir zugeschoben. Die unvermeidliche Schuld will ich gern akzeptieren, aber nicht diese lastende Allein-du-bist-Schuld."

„Gibt dir denn irgendein Mensch die Schuld? Du hast dir die Schuld selbst zugeschoben, nicht wahr? Du hast sie dir selbst aufgebürdet. Es ist höchste Zeit, dass du sie ablädst. Verrätst du mir deinen Namen?"

„Ich heiße Pia."

„Dann sollst du auch so sein. Pia *ist eine Seele, die sich noch nicht abgefunden hat, man muss schonend mit ihr umgehen – in einer solchen Seele kann ein Schatz verborgen liegen."*

„Hat denn wirklich jeder Mensch ein Recht dazu, in Hinsicht auf alle übrigen Menschen, darüber zu entscheiden, wer von ihnen würdig ist, in der Normalität mit allen anderen zu leben, und wer das nicht mehr verdient?"

„Was hat denn damit die Entscheidung über das Würdigsein zu tun? Diese Frage wird meist in den Herzen der Menschen überhaupt nicht auf Grund von Würdigkeiten entschieden, vielmehr nach ganz anderen, weit natürlicheren Beweggründen."

„Welche Gründe könnten das sein?"

„Bequemlichkeit, Verträglichkeit, Sicherheit zum Beispiel. Ich will nicht sagen, dass man diese Gründe einfach abtun sollte. Ich liebe es, über den Schnee zu fahren ... und ein Glöckchen soll sein. Hörst du, es läuten die Glöckchen."

„Ich höre sie, aber sie stimmen mich jetzt nicht so fröhlich, wie es sonst wohl wäre. Kein anderer kann ja jemals erfahren, bis zu welchem Grade ich leide, weil er eben ein anderer ist und nicht ich, und außerdem ist der Mensch selten bereit, einen anderen für einen Leidenden anzuerkennen."

„Alter Kummer geht im geheimnisvollen Wirken des menschlichen Lebens allmählich in stille gerührte Freude über; an Stelle des jungen schäumenden Blutes tritt das sanfte, klare Alter. Ich weiß, dass dich das im Moment nicht tröstet, aber es ist die Wahrheit. Ich habe es in meinem Leben selbst so erfahren. Außerdem haben die Dinge eine innere Ordnung, es kommt vieles von selbst wieder ins rechte Lot. Du musst nur warten können. Loslassen und Abwarten."

„Wenn ich an die innere Ordnung der Dinge glaubte, wenn ich sogar jetzt davon überzeugt bin, dass im Gegenteil alles ein einziges unordentliches, verfluchtes und vielleicht von Dämonen beherrschtes Chaos ist, wenn mich auch alle Ent-

täuschungen erschüttern – so will ich aber gleichwohl leben, und wenn ich schon zu diesem Becher hingelangt bin, so werde ich mich nicht von ihm losreißen, bevor ich ihn nicht völlig bewältigt habe!"

„Das gefällt mir, das bringt dich voran. Aber das geht nicht von heute auf morgen. *Alles wirst du durchleben müssen, bevor du von neuem erwachen wirst.* Du musst dich der Situation stellen, die Fakten anerkennen, die Dinge in die Hand nehmen. Das wird nicht leicht für dich werden, mein Täubchen. Du hast dich etwas in deinen Träumen verkrochen. Ich locke dich nun heraus, Manchmal möchte man meinen: *Weshalb soll man wirklich leben, besser ist es zu träumen. Träumen kann man das Allerlustigste, zu leben ist aber eine einzige Langeweile."*

„Ich habe mir meine Welt zurechtgeträumt, weil mir die Realität gar so ungewiss und zerrissen erschien. Aber nun scheint es mir fast, als könnte ich mit ihr leben."

„Manchmal erscheint auch mir das Leben als eine langweilige Last. Ich frage mich, warum ich das alles ertrage. *Teuer sind mir darum doch die kleinen klebrigen Blättchen, die sich im Frühling entfalten, teuer ist mir der blaue Himmel, teuer ist mir dieser oder jener Mensch, den man bisweilen, glaube es wohl, sogar lieb gewinnt, man weiß selber nicht, wofür."*

„Du strahlst Güte aus, Pawel. Ich fühle mich wohl in deiner dahinfliegenden Troika. Ich will dir alles offenbaren, was mich bewegt. *Weil es nötig ist. Weil du mir nötig bist, weil ich morgen aus den Wolken herabfliege, weil morgen mein Leben endigt und beginnt. Hast du einmal erfahren, hast du einmal im Traume gesehen, wie man vom Berg herab in eine Grube stürzt? Nun – so fliege ich gerade jetzt – nicht im Traume."*

„Ich habe einige Abstürze erlebt und überlebt. Auch du wirst überleben. Du wirst nicht gleich alles richtig machen, mein Seelchen. Du musst auch gar nicht alles richtig machen. Das Leben steckt voller Fehler. Das Unvollkommene ist das Lebenswerte. Und du musst loslassen. Ja, das Fliegen ist das Richtige für dich. Fortfliegen und dich auf einem mächtigen Eichenbaum niederlassen und von dessen Ästen aus dein Leben betrachten. Lass uns einmal kurz anhalten und die leuchtenden Sterne über uns anschauen."

Die Troika hielt an und plötzlich verschwand Pawel Karamasow von der Bildfläche. Die grüne Schrift erlosch. Hatte er sie nun verlassen? War er wieder in sein wahres Leben zurückgeschlüpft, ohne ein Wort des Abschieds? Enttäuschend wäre das gewesen, obwohl sie wusste, dass derartige Gespräche meist ohne Nachhaltigkeit und Verantwortung verliefen. Das Netz verband die Menschen ohne Verbindlichkeit. Einige Minuten vergingen. Doch da blinkte es wieder grün über den Monitor.

„Ich habe nur kurz den Pferden etwas Hafer gegeben und die Laternen angezündet. Komm, Pia, ich hülle dich in die warmen Decken. Es weht ein kalter Wind heran. Ist dir auch warm genug?"

Sie war glücklich, seine tröstende Nähe erneut zu spüren. Nein, er war verlässlich. Sie wollte ihm vertrauen. Egal, wer er auch im wirklichen Leben sein mochte. Das spielte im Moment keine Rolle.

„Ich spüre einerseits Schuld, aber andererseits Freiheit", vertraute sie ihm an. *„Es scheint mir ja, so viel lebt in mir jetzt von dieser Kraft, dass ich alles ertragen will, alle Leiden, um mir nur jeden Augenblick zu sagen und zu künden: ‚Ich bin'!"*, fuhr sie eindringlich fort.

„Wir haben doch die Schuld längst in den Schnee gestreut. Nun nutze die Chance und gehe deinen eigenen Weg. Wer sollte dich jetzt daran hindern? Du kannst jetzt die Dinge so ordnen, wie du es willst. Das ist doch eine gute Perspektive."

„Ich habe lang schon gespürt, dass mein Leben eine Wendung nehmen würde, dass meine Vorstellungen nicht mehr passen. Aber ich hatte zugleich Angst vor dem, was danach kommt. Und jetzt ist die Misere gekommen und das Leben geht irgendwie weiter. Das überrascht mich. Es geht weiter."

„Ich möchte dir einen Rat geben, Golubka: Was jetzt auch auf dich zukommen mag: *Vor allem belüge dich nicht selber – wer sich selber belügt und seinen eigenen Lügen lauscht, der kommt schließlich so weit, dass er keine Wahrheit mehr, weder in sich noch um sich herum, zu unterscheiden vermag und demnach damit endigt, sich selber zu verachten und schließlich alle anderen.*"

Ihr war es, als habe sie an diesem Tag irgendetwas für ihr ganzes Leben erlebt, dass sie belehrt und aufgeklärt hatte über etwas sehr Wichtiges, das sie vordem nicht begriffen hatte.

„Um nochmals auf die Karamasows zurückzukommen. War Smerdjakow wirklich der Mörder des alten Karamasow?"

„Die Geschworenen waren zwar nicht davon überzeugt, aber ich bin es. Er war durch die Umstände zu einem neidischen, intriganten Diener geworden. Mal war er der Fußabtreter, mal der Vertraute des Alten, vielleicht war er sogar sein Sohn. Iwan hatte ihm Flausen und Halbwahrheiten in den Kopf gesetzt, das machte ihn vollends verrückt. Somit ist eigentlich Iwan schuld an der Ermordung des Vaters. Andererseits hat der alte selbstsüchtige und verkommene Karamasow seine Söhne völlig sich selbst überlassen, ihnen keinerlei Liebe und Fürsorge gegeben. Damit wurde er selbst zum Schuldigen. – Siehst du, mein Liebchen, aus einer Schuld wächst die nächste, einer bösen Tat folgt die andere. Nur das Verzeihen rettet uns aus diesem Kreislauf. Auch du wirst deinem Mann verzeihen müssen. Heute kannst du es nicht, aber eines fernen Tages."

„Kamen die Karamasows wieder? Kehrte Dmitri zurück aus Sibirien? Überlebte er die Strafe? Hielt Gruschenka zu ihm? Wurde Iwan wieder gesund und konnte mit Katja glücklich werden? Und schließlich Aljoscha? Kehrte er ins Kloster zurück?"

„Das kann ich dir alles nicht sagen, du neugieriges Haselnüsschen. Ich zog kurze Zeit nach dem aufsehenerregenden Prozess, in dem Dmitri irrtümlich schuldig gesprochen wurde, nach St. Petersburg. Wir müssen die Karamasows ihrem Schicksal, ihrer Schuld und ihrer Sühne überlassen."

Über ihnen wölbte sich unübersehbar die weite Himmelskuppel, voll von stillen, leuchtenden Sternen. Vom Zenit zum Horizont erschien undeutlich noch, fast wie verdoppelt, die Milchstraße. Eine frische und unbeweglich stille Nacht hatte sich über die Erde gelegt. Die weißen Türme und goldenen Kuppeln der Kathedrale leuchteten am saphirnen Himmel. Es war, als ob die irdische Stille mit der himmlischen ineinanderfließe, das Geheimnis der Erde berührte sich mit dem der Sterne.

„Ich muss mich jetzt von dir verabschieden, mein Liebchen. Aber, wenn du willst, dann kannst du mich wieder treffen. Dann holt dich die Trojka der Freiheit wieder ab und entführt dich zu neuen Träumen. Ich umarme dich."

Die grüne Schrift erlosch.

Und gleichwohl, ungeachtet aller Entschlüsse, die sie gefasst hatte, war es verworren in ihrer Seele, so verworren, dass sie darunter litt. Es hatte ihr auch nicht ihr Entschluss Ruhe zu geben vermocht. Allzu viel stand hinter ihr und quälte sie. Aber sie hatte einen Freund gewonnen, einen gütigen Menschen kennengelernt. Fest nahm sie sich vor, sich morgen wieder in den Chatroom einzuloggen und nach Pawel Karamasow Ausschau zu halten.

Sie wusste nicht, wie lang sie noch in ihrem Sessel saß. Die rote Kerze war inzwischen niedergebrannt. Plötzlich ging helles Licht im Zimmer an, ihre Söhne kamen zurück. Sie brachten Fröhlichkeit und kalte Luft ins Zimmer.

„Bist du im Sessel eingeschlafen, Mama? Hast du geträumt? Warum liegt hier der Dostojewski-Roman auf dem Tisch? Hast du darin gelesen?"

„Ich muss wohl geträumt haben", sagte sie und ging nach oben in ihr Schlafzimmer.

Die kursiv geschriebenen Sätze sind dem Roman „Die Brüder Karamasow" von Fjodor Dostojewski entnommen. (Ausgabe des Bertelsmann Verlages 1957, übertragen von Karl Nötzel).

Die Geschichte ist meinem wunderbaren Freund Pawel gewidmet, dem ich für seine liebevolle, beständige Freundschaft und Fürsorge danken möchte.

Im Hinterhof

von Andreas Kölker

1

Seit einiger Zeit lastet ein Hoch über dem Südwesten Deutschlands und bringt seit einigen Wochen eine knallige Hitze in das Rheintal. An den Hängen des Schwarzwaldes duftet das Harz der Fichten, über den Wegen flirrt die Luft, in der Stadt strahlen die Gebäude in der Nacht die Wärme zurück auf die Straßen und in die Gassen. Auf den Trottoirs verbreitet sich im Vorbeigehen dann und wann der moderige Geruch feuchter Keller. In den Kuranlagen im Tal mit ihren riesigen und uralten Bäumen kann man nachts noch spazieren gehen, ohne eine Jacke oder einen Pulli anziehen zu müssen. Die Menschen bewegen sich sommerlich gekleidet durch die Straßen, in den Geschäften stehen den ganzen Tag über die Türen offen, fast wie leiser Spott sind sie in einigen Fällen von den Ständern für die Regenschirme gehalten. Manche Verkäufer und etliche Passanten tragen keine Strümpfe in den Schuhen, was beim Gehen ein unappetitlich saugendes Geräusch erzeugt. Das Leben hat erst zögerlich, dann aber unaufhaltsam zugleich etwas Anstrengendes und Leichtes bekommen.

Für uns Schüler jedoch waren die letzten Wochen eher anstrengend. Eine Schulaufgabe folgte der anderen, manche Ex wurde mit den Worten „Bücher und Taschen unter die Bänke" unverhofft zum unliebsamen

Beginn einer Schulstunde. In der Mittagszeit ist an Lernen fast nicht zu denken, man müsste dazu geradewegs in den Keller gehen. Noch dazu, wenn man wie ich in einer Dachwohnung im Westen der Stadt wohnt, die einerseits häufiger als die Innenstadt den Wind vom nahen Rhein her zugefächelt bekommt, aber andererseits in dieser windstillen Gluthitze einfach nur schwitzig und brütend daliegt.

Seit vergangener Woche sind bis auf die Schulaufgaben in Deutsch und Mathe alle Arbeiten geschrieben und es bleiben nur mehr drei Wochen bis zu den großen Sommerferien. Einerseits bin ich darüber froh, andererseits fühle ich Wehmut, denn für die schulfreie Zeit werde ich manche meiner Freunde einige Zeit entbehren müssen. Besonders aber Anna, die für mich ebenso anmutig wie unerreichbar erscheint und in meine Klasse geht. Ihre Schritte höre ich morgens unter allen anderen heraus, höre, wenn sie mit festen und doch zarten Schritten die steile Gasse hochkommt, an deren Mündungseck auf die parallel zum Hang verlaufende Straße ein kleiner Schreibwarenladen liegt, vor dem sich morgens vor Schulbeginn immer einige Schüler treffen. Ihre hellblonden Locken und leuchtenden, blauen Augen sind mir in den Momenten überaus gegenwärtig, in denen ich meinen Gedanken nachhänge. Ihre Stimme ist hell und ihr Lachen perlt tief aus ihrem Innern an die Oberfläche meiner Wahrnehmung. Allein schon dafür könnte ich ins Schwärmen geraten.

Ich bekenne, ich bin schönen Mädchen und Frauen gegenüber befangen. Immer denke ich: Wie kann sich eine so gelungene Komposition aus Körper, Geist und Bewegung für einen so unbeholfenen jungen Mann interessieren, wie ich nun einmal bin? In den entscheidenden Augenblicken, in denen es auf ein paar treffende und leicht dahingesagte Sätze zur Kontaktaufnahme mit dem anderen Geschlecht ankäme, ist mein Gehirn wie vernagelt, kann ich nur peinlich-blöd daherstammeln.

All das geht mir so durch den Kopf, während ich aus dem geöffneten Fenster unseres Klassenzimmers schaue und sich mein Blick in der bewaldeten Kuppe des auf der anderen Talseite liegenden Berges verliert.

„Andrej, wenn Sie im Unterricht ähnlich konzentriert wären und Ihr Wissen ähnlich tiefgründig wie Ihre Träumereien, wären Sie vermutlich eine ganze Note besser in allen Fächern." Mit dieser Bemerkung reißt mich die Deutschlehrerin aus meinen Träumen. Die ganze Klasse lacht und auch mein bester Schulfreund Oskar, der seit meinem Wechsel vor zwei Jahren in diese Stadt und an dieses Gymnasium neben mir sitzt, lacht lauthals mit und schüttelt dabei seine langen Haare. Verflixte Kiste, leider fällt mir in diesem Augenblick einfach keine kluge Entgegnung ein und so lächle ich erst ein wenig schief und muss dann aber auch lachen. In dieser Stimmung geht die Stunde zu Ende und glücklicherweise ist heute nach der fünften Stunde für uns die Schule aus.

„Was machst du heute Nachmittag?" Mit dieser Frage schiebt sich Oskar nach Schulende neben mich. Wir drängen uns durch das enge Eingangsportal der Schule, die eher wie eine finstere Burg aus dem 19. Jahrhundert aussieht als ein Gymnasium.

„Eigentlich wollte ich noch Mathe üben", entgegne ich.

„Mann, Andrej, Mathe, Mathe, immerzu Mathe, hängt dir das nicht langsam mal zum Hals raus? Du kannst ja vor lauter Analysis und Kurven nicht mehr geradeaus denken."

Haha, denke ich, du hast gut reden. Aber im Grunde meines Herzens gebe ich ihm Recht. Als ich vor zwei Jahren aus Hessen von der zehnten Klasse eines neusprachlichen Gymnasiums in die elfte Klasse eines mathematisch-naturwissenschaftlichen in Baden-Württemberg wechselte, da verstand ich in Mathe rein gar nichts. Die Begriffe, die dort fielen, hatte ich noch nie in meinem Leben gehört. Oskar, der damals gerade die elfte Klasse wiederholte, hatte sich erboten, mir Nachhilfe zu geben. Jahrelang waren Deutsch und Englisch meine besten Fächer gewesen.

Warum mich meine Eltern ausgerechnet auf diesem Gymnasium angemeldet hatten, das lag wahrscheinlich einfach daran, dass es die erstbeste Empfehlung war, und die haben sie dann auch gleich ohne weiteres Nachfragen befolgt. Typisch meine Eltern, Hauptsache kein Stress mit dem Sohn. Und den gab es ja mal schon verschiedentlich. Das ist allerdings eine andere Geschichte, die hier nicht erzählt wird. Außerdem ist es jetzt auch egal, denn nach einer verzweiflungsvollen Anfangsphase in der neuen Schule mit lauter Fünfen hatte ich allmählich begonnen, Spaß an der Mathematik zu entwickeln, hatte mit Ausdauer und einem Ehrgeiz, der mir bis dahin gänzlich fremd war, die Schulbücher durchgeackert und nahezu alle Aufgaben darin gelöst. Fast jeden Nachmittag verbrachte ich damit, mich mit irgendwelchen Herleitungen und Beweisen auseinanderzusetzen und hatte dabei eine vage Ahnung bekommen, welche Eleganz und Ästhetik der Mathematik innewohnen.

„Wir können ja was machen", schlage ich Oskar vor. „Du könntest zu mir kommen, auf einen Kaffee und vielleicht eine Partie Schach."

„Einverstanden", erwidert Oskar. „Wie wäre es mit drei Uhr?"

„Abgemacht", sage ich und biege in die steile kleine Straße ein, die talwärts zu dem großen Platz hinabführt, von dem aus ich immer den Bus in die Weststadt nehme. Kurz darauf fährt Oskar mit seinem grün-gelben Roller an mir vorbei, winkt mir kurz zu und biegt die nächste Straße rechts ab.

2

Unter dem Sonnenschirm auf der Dachterrasse ist es heiß, aber immer noch angenehmer als in meinem kleinen Zimmer, in dem die Luft stickig ist. Jetzt sitze ich matt an dem runden Tisch, habe nur Badehose und T-Shirt an und schaue nach Westen. Über den bläulich schimmernden Vogesen schwebt eine kleine Wolkenbank. Sie sieht so fern und unwirklich aus, ein Gewitter wird es eher nicht geben.

Ich denke an Anna. Was sie wohl gerade macht? Sie wohnt nicht weit von mir, ich müsste nur den Berg hinter dem Haus hinauf, die Treppen zwischen den Häusern hochsteigen bis zum Waldrand und dann weiter in den kleinen Ortsteil gehen, der sich auf dem westlichen Hang ausbreitet. Ob ich sie vor den Ferien mal frage, ob sie etwas mit mir unternehmen will? Sie liest gerne moderne Literatur, immerhin das weiß ich. Was könnte ich ihr vorschlagen, was ihr Interesse weckt? Der gemeinsame Besuch eines der Cafés, die bei Schülern beliebt sind? Oder ein Eis essen? Nein, das ist zu plump und einfallslos. Den Besuch der Kunsthalle vielleicht? Das könnte sie als übertrieben oder spießige Anbiederung auffassen. Ach, ich habe keine zündende Idee und wäre doch so gerne einmal außerhalb der Schulumgebung und ohne die anderen mit ihr zusammen, möchte sie sprechen hören, ihre Locken im Licht schimmern sehen und ihr Gesicht in Ruhe betrachten können. In diesem Augenblick unterbricht der Motorenlärm von Oskars Roller meine Fantasien. Kurz darauf klingelt es.

„Hallo, schon weggeschmolzen in der Glut?" Mit diesen Worten und einem breiten Grinsen in seinem Gesicht steigt Oskar die letzten Stufen in die oberste Etage, auf der nur die Wohnung meiner Eltern liegt. „Der Fahrtwind kühlt angenehm, so lässt es sich gerade aushalten. Vielleicht sollten wir einfach den Nachmittag Roller fahren?"

„Nee, das ist doch langweilig für mich. Komm doch erst einmal herein. Magst du einen Kaffee oder ein Wasser?"

„Beides", erwidert Oskar prompt und ich begebe mich gleich in die Küche. Obwohl Oskar mein bester Freund ist, habe ich ihm von meiner Gefühlslage in Bezug auf Anna nichts erzählt. Es ist eine Mischung aus Scham und die Furcht davor, verlacht zu werden. Oder hören zu müssen, wie Oskar das womöglich kommentieren würde. Vielleicht mit dem Satz: „Was, ausgerechnet die?"

Ich würde mich so einem Druck zur Rechtfertigung aussetzen. Kann man Schwärmerei denn überhaupt mit irgendwelchen Argumenten begründen? Er sieht ja möglicherweise nicht, wie ihre Locken manchmal in der Morgensonne vor der Schule leuchten und sich die Sonnenstrahlen in ihren Haaren brechen. Oder bin ich mir selbst gar nicht so sicher? Schließlich kenne ich sie ja auch nur oberflächlich aus den wenigen zueinander gesprochenen Sätzen vor der Schule oder aus dem Unterricht.

„Ach, was soll's, das hilft jetzt auch nicht", beende ich diese Gedanken und richte zwei Becher Kaffee mit Milch und das Wasser für Oskar her.

Wenig später sitzen wir auf der Terrasse im Schatten des Sonnenschirms. Zu Schach haben wir keine Lust, es ist einfach zu heiß. Wir quatschen über allen möglichen Kram, über die Ferien und was jeder von uns für den weiteren Sommer geplant hat. Ich werde beim Förster arbeiten gehen und mir etwas Geld verdienen. Oskar will mit einem Interrail-Ticket quer durch Frankreich fahren.

Darüber vergessen wir die Zeit. Plötzlich läutet das Telefon. Meine Eltern sind beide noch in der Arbeit, also stehe ich auf, gehe in den Flur und hebe ab.

„Andrej, grüß dich, ich bin es, der Friedrich."

„Ja, hallo Friedrich", antworte ich. „Der Oskar ist bei mir, magst du auch kommen?"

„Ja, nein, eigentlich nicht. Ganz im Gegenteil, ich wollte dich fragen, ob du Zeit hast, in die Stadt zu kommen."

„In die Stadt?", frage ich zurück. „In der Hitze in die Stadt fahren? Komm doch du lieber zu mir."

„Geht nicht." Friedrich klingt aufgeregt und etwas ungeduldig. „Heute ist doch Sperrmüll und ich habe ein total hübsches Sofa entdeckt. Es steht in der Kreuzgasse. Morgen kommt die Abfuhr und nimmt es mit. Oder ein anderer schnappt es mir weg. Ich will es holen und mir herrichten."

„Wie soll das denn gehen? Keiner von uns hat ein Auto, oder leiht deine Mutter dir ihren Wagen?"

Wir sind alle bereits achtzehn und haben den Führerschein, aber natürlich hat noch keiner ein eigenes Auto. In die Schule kommen aus der gesamten Oberstufe vielleicht drei, vier Schüler mit dem Auto, ungefähr doppelt so viele mit einem Motorrad. Ich habe sowieso keines. Also, ich meine, weder Auto noch Motorrad. Mein Taschengeld ist knapp bemessen und ich suche mir seit zwei Jahren regelmäßig einen Ferienjob.

„Meine Mutter kommt erst heute Abend zurück und ich bin mir ohnehin unsicher, ob das Sofa da reingeht. Und ich habe Panik, es könnte dann schon weg sein." Friedrich unternimmt einen neuen Anlauf. „Es sieht voll klasse aus. Bitte Andrej, komm' doch mit dem Fahrrad in die Kreuzgasse, ich habe da eine Idee. Und bring den Oskar auch gleich mit."

Friedrich ist oft der Dritte bei unseren Unternehmungen. Denen von Oskar und mir. Er ist ein wenig anders als wir. Klar, wir sind alle drei schlank wie die Heringe, fast mager, könnte man meinen. Und ja, wir sind nicht so bieder wie die meisten anderen aus unserer Klasse. Gut, wir sind auch alle drei ein Jahr älter. Den Grund dafür muss ich ja nicht extra erwähnen.

Oskar hat die Haare lang bis weit über die Schultern, Friedrich und ich tragen sie halblang. Oskar und ich lesen mit Leidenschaft, von Brecht bis zu Büchern über Naturwissenschaften ist so ziemlich alles dabei. Der „Stiller" von Max Frisch, den wir unlängst beide verschlungen haben, war eine Offenbarung. Für ihn und für mich. Wir können stundenlang miteinander reden. Nur nicht über Anna.

Friedrich dagegen liest gar nicht. Er ist dafür super praktisch veranlagt und hat ein Arsenal an Werkzeug, mit dem er sofort eine Schreinerei mit zwei Angestellten aufmachen könnte.

Ich marschiere zurück auf die Terrasse, wo Oskar wartet. Im Vorübergehen sehe ich auf die Wanduhr. Was, schon nach fünf? Ich berichte kurz von Friedrichs Bitte und wir entscheiden, mit Fahrrad und Roller in die Stadt zu fahren. Kurze Hosen für Männer sind mir ein Gräuel, lieber steige ich zweimal am Tag unter die Dusche. Ich wechsle also schnell die Badehose gegen Slip und lange Jeans, dann machen wir uns auf den Weg.

Als wir in die Kreuzgasse kommen, muss ich unwillkürlich schmunzeln. Die Kreuzgasse gehört zur Fußgängerzone und trotz der allmählich nachlassenden Hitze sind etliche Passanten unterwegs, tragen ihre Einkäufe in einem Korb oder in Tüten, andere kommen erkennbar aus irgendeinem Büro und sind auf dem Weg in den Feierabend. Friedrich sitzt auf dem Sofa, das vor einem älteren Mehrparteienhaus steht. Er sitzt dort mit einer Selbstverständlichkeit, als wäre es das Normalste auf der Welt, umgeben von anderem Gerümpel auf einem Sperrmüll-Sofa Platz zu nehmen. Mit lässig übereinandergeschlagenen Beinen in aller Ruhe auf seine Freunde warten. Und das inmitten einer Gasse, im Herzen einer der vornehmsten Städte Deutschlands.

Mein zweiter Gedanke ist, dass das Sofa ein wenig schäbig aussieht. Gut, es ist knallrot und damit ungewöhnlich, aber es ist leicht verschlissen und hat unverkennbar eine längere Geschichte hinter sich gebracht. Nun haben sich seine Besitzer offenbar entschlossen, dieser Geschichte ein Ende zu setzen, und es einfach vor die Tür gestellt, damit die Müllmänner es in den nächsten Tag abholen.

Friedrich winkt uns zu. „Danke, dass ihr gekommen seid. Ist das nicht ein wunderbares Möbelstück? Genial, oder? Das ist viel zu schade, um es auf immer in den Müllwagen zu schieben. Aber jetzt sind ja wir da und kümmern uns darum, ihm eine neue Zukunft zu geben."

Ziemlich pathetisch ausgedrückt. Manchmal redet Friedrich etwas geschwollen daher. Ich sehe ihn ein wenig zweifelnd an. Das Sofa ist bestimmt knapp zwei Meter breit und sieht recht massiv aus. An den Seiten hat es geschwungene Lehnen aus dunklem Holz, deren Innenfläche mit einem Korbgeflecht ausgefüllt ist, wie es sich als Sitzfläche an manchen Stühlen findet. Die Beine sind ebenfalls aus Holz und man sitzt offenbar recht hoch auf diesem Sofa. Wie will Friedrich das abtransportieren?

„Ich bin auch mit dem Fahrrad da." Bevor ich meine Zweifel äußern kann, macht Friedrich dazu eine Handbewegung in Richtung seines Rades. „Ich habe mir gedacht, wir laden es auf die beiden Räder. Parallel, versteht ihr?"

„Wie? Parallel? Meinst du, die Fahrräder quasi als vierrädrigen Karren zu benutzen?" Oskar lacht. „Das ist nicht dein Ernst. Das ist doch völlig instabil."

„Lasst es uns probieren". Friedrich steht auf. Nach einigen Diskussionen um die technisch beste Vorgehensweise heben wir zu dritt das Sofa in die Höhe, Friedrich und ich jeweils links und rechts, Oskar in der Mitte. Als wir es ungefähr auf Hüfthöhe haben, hebeln wir von links und rechts die Räder darunter und tatsächlich ruht das Sofa jetzt auf den beiden Lenkern und Sätteln. Ich muss grinsen, es sieht etwas verwegen aus, ein mobiles Sofa, getragen von vier großen, dünnen Reifen. Es genügen sogar zwei Personen, die jeweils außen das Rad balancieren.

„Fast hätte ich es vergessen." Friedrich reckt sein Kinn zu einer alten Stehlampe, die neben dem Sofa stand. Sie hat einen schlanken Metallständer aus Messing und einen unglaublich vergilbten Schirm, der etwas traurig, verbeult und schief oben hängt. „Kannst du die bitte mitnehmen, Oskar? Du kannst deinen Roller ja nachher holen und jetzt die Lampe mit zu mir tragen."

So kommt es. Friedrich und ich schieben das Sofa auf den Rädern vorwärts und das geht immerhin besser, als ich erwartet habe. Vorneweg marschiert Oskar, mit der Stehlampe in der Hand. Wir wollen Sofa und Lampe zu Friedrich bringen, der ungefähr fünfhundert Meter von hier entfernt wohnt. Einige Passanten schauen etwas ungläubig, als ihnen in einem Meter Höhe ein Sofa entgegen zu schweben scheint. Andere schütteln den Kopf. Nach ein paar Minuten kommt Oskar offenbar auf eine Idee. Er beginnt, die Stehlampe erst von sich wegzuhalten, dann hebt er sie an, winkelt sie leicht nach links und rechts und schwenkt sie wie ein Tambour-Major rhythmisch auf und ab. Dann beginnt er einen übertriebenen Stechschritt. Friedrich und ich sehen uns an. Wir grinsen, die Bewegungen von Oskar sehen urkomisch aus. Mich packt ein Kichern, in das auch Friedrich einfällt. Das Kichern geht in Lachen über, das uns schüttelt. Dann verlieren wir die Balance.

3

Nun sitzen wir endlich auf dem Sofa. Zu dritt, und es ist unglaublich bequem und bietet leicht Platz für uns alle. Friedrich hat eine Flasche Apfelsaft und eine mit

Mineralwasser oben aus der Wohnung geholt. Die stehen jetzt vor uns auf dem Boden, jeder von uns hält ein Glas in der Hand, in dem Saft und Wasser bitzeln. Ich sitze auf der rechten Seite, halb gegen die Armlehne und in das weiche Rückenteil hinein geschmiegt, und schaue in den weiten Hinterhof. Erst jetzt merke ich, wie verschwitzt ich bin. Jeans und T-Shirt kleben an mir. Trotz allem macht sich Erleichterung in mir breit, ich fühle mich gut und gelöst.

Vorhin, das war allerdings schon ziemlich kitzlig. Vor vielleicht einer halben Stunde, am Ende der Kreuzgasse. Beim Einbiegen in die Lange Allee. Als wir die Balance verloren. Und uns in der Folge die Räder mitsamt dem Sofa einfach wegkippten. Geradewegs und unaufhaltsam nach rechts. Au Mann, schon allein der Klang war unbeschreiblich. Eine meisterliche Kakofonie aus dem metallischen Schaben und Scheppern der beiden Räder, als sie auf dem Pflaster aufschlugen, und dazu das dunkle Rumpeln und Poltern, mit dem das Sofa auf den Boden krachte. Das helle Reißen von berstendem Holz. Und dann, wie der Spott einer Elster, das Ratschen der Klingel am Lenker meines Rades. Das hatte etwas Freches, Provokantes an sich. Ich wusste nicht, ob ich lachen oder fluchen sollte. Ich tat beides. Von dem Sofa war das vordere rechte Bein weggebrochen, die Armlehne eingedrückt. Die lange Schürfwunde, die meinen ganzen rechten Unterarm ziert, kommt von dem Möbelstück, dem ich nicht mehr ausweichen konnte. Die Passanten schimpften und erklärten uns für verrückt. Ein junges Paar half uns auf. Zum Glück waren die Räder heil geblieben. Der Rest des Weges verlief ohne weitere Blessuren.

Friedrich wohnt mit seiner Mutter in einer Seitenstraße mitten in der Innenstadt, in einem alten Stadthaus aus der Gründerzeit, mit Toreinfahrt und einem Innenhof, der immerhin Platz für eine ausladende, alte Linde und zwei größere Birken bietet. Die Rückseiten der Häuser eines Straßenkarrees umschließen diese kleine, abgeschiedene Welt, die größtenteils mit Büschen und Blumen begrünt ist. An das Haus, in dem Friedrich im zweiten Stock wohnt, lehnt sich ein kleiner Schuppen an, den seine Mutter für ihn gemietet hat. Früher mag das ein kleines Gerätehaus zur Pflege der Grünanlagen des Innenhofes gewesen sein, seit zwei Jahren aber beherbergt der Schuppen eine kleine Werkstatt, in der Friedrich alte Möbel aufarbeitet, um sie auf dem Flohmarkt wiederzuverkaufen. Das Sofa steht an der Längsseite vor der Werkstatt. Dort, wo das rechte Bein abgebrochen ist, geben drei alte Ziegelsteine Halt. Wie gesagt, es sitzt sich klasse auf dem Ding. Die Stehlampe hat rechts daneben Platz gefunden. Die mittlerweile angenehme Wärme, das schon leicht orangefarbene Licht des frühen Abends mit den gedämpften Geräuschen, die umgebenden Häuser, die Bäume und Büsche strahlen Ruhe und Geborgenheit aus.

Mit einem leisen Knarren geht die Tür des mittleren Hauses in dem Block rechts von uns auf, lange, dunkle, kastanienbraune Haare tauchen auf, dazu eine große und kräftige weibliche Gestalt, die uns zunächst nur den Rücken zuwendet, weil sie die Tür hinter sich schließt. Als sich die junge Frau umdreht, bin ich überrascht. Es ist Beate, die in die zwölfte Klasse eines anderen Gymnasiums geht. Wir kennen uns von dem morgendlichen Schülertreff an der Ecke vor dem Schreibwarenladen. Sie kommt auf uns zu, lächelt uns drei etwas herausfordernd an und deutet mit einer ausladenden Geste auf Lampe und Sofa.

„Hallo, Jungs, da habt ihr ja einen hübschen Fang gemacht."

Typisch, so ist sie halt. Nur, ich bin mir sicher, wenn ich oder irgendein anderer junger Mann es wagen würde, eine Gruppe von Schülerinnen in unserem Alter mit „hallo, Mädels" zu begrüßen, gäbe das eine lebhafte Diskussion.

„Hallo, die schöne Dame, leider ist das nur ein Sofa aus dem Sperrmüll, aber für dich ist immer ein Platz zwischen uns frei." Oskar hat nie Probleme, völlig unbefangen und arglos mit Frauen zu reden. Er kann vermutlich sagen, was er will, nie würde eine Frau ihm eine Formulierung wirklich übelnehmen. Er erntet dann und wann mal eine Bemerkung wie „He, Oskar ...", aber selbst bei klarer Missbilligung einer seiner Äußerungen bleibt er souverän, beginnt vielleicht eine Rechtfertigung mit „wieso, ich habe doch nur ..." und strahlt dabei so viel Unschuld und Ehrlichkeit aus.-Frauen halten ihn dann schlimmstenfalls für naiv. Mir würde man dieselben Äußerungen bestimmt nicht durchgehen lassen. Davon bin ich fest überzeugt. Ist aber auch egal.

Beate jedenfalls macht tatsächlich Anstalten, sich zwischen Friedrich und mich zu quetschen. „Los, Männer, rückt mal etwas auseinander."

Das ist mir zu viel körperliche Nähe, ich stehe auf.

„Oh, ich wollte dich nicht vertreiben." Beate reagiert prompt.

„Ist schon okay, aber zu viert nebeneinander, das ist mir einfach zu eng." Ich trete zwei Schritte vor das Sofa.

„Ich wollte mich sowieso allmählich auf den Heimweg machen."

„Warte, Andrej, bleib' da und setz dich wieder, ich habe noch einen Hocker in der Werkstatt." Friedrich erhebt sich ebenfalls. „Ich kann mich auch da draufsetzen, dann habt ihr mehr Platz." Friedrich verschwindet in die Werkstatt und kommt kurz darauf mit einer Art hohem Schemel wieder, der zwar eine Rückenlehne hat, aber sehr schmal ist und nach spartanischem Sitzkomfort aussieht. In der Zwischenzeit habe ich mich wieder in die Ecke des Sofas gesetzt. Beate in der Mitte, Oskar und ich ihr jeweils zur Seite. Friedrich setzt sich auf den Schemel uns gegenüber.

„Wo habt ihr das gute Stück denn her, aus dem Sperrmüll? Und was habt ihr damit vor?", wendet sich Beate an Friedrich und lächelt belustigt, geheimnisvoll.

„Gefällt es dir? Ja, ich habe es im Sperrmüll entdeckt. Andrej und Oskar haben mir geholfen, es zu transportieren. Der Weg hierher war etwas abenteuerlich."

Friedrich erzählt Beate unsere kleine Episode. Sie ist amüsiert und fragt erstaunt, ob wir wirklich dieses sperrige Möbelstück auf unsere Räder verladen haben. Sie lacht laut auf, als Friedrich Oskars Einlage und unseren anschließenden Niedergang beschreibt. Ihr Lachen wirkt ansteckend. Offensichtlich nicht nur auf mich, sondern auch auf die anderen, denn wir fallen alle in Beates Lachen ein. Sie sitzt unglaublich präsent auf dem Sofa. Oder kommt mir das nur so vor? Ich habe den Eindruck, ihre Gegenwart verdrängt die anderen Eindrücke, die ich vorhin noch so deutlich wahrgenommen hatte. Mir ist sie etwas unheimlich und ich habe Respekt vor ihr. Es entsteht eine kleine Redepause.

„Na, was ist los, Jungs, hat es euch die Sprache verschlagen? Ihr habt doch vorhin noch so angeregt gequasselt. Habt ihr über Frauen hergezogen?"

„Also, nicht über so schöne Frauen wie dich, das würden wir uns doch nie in der Öffentlichkeit trauen." Oskar versucht es mit Ironie.

„Ja, schon gut. Das übliche Stammtisch-Niveau unter Männern."

Beate reagiert etwa zu bissig, wie ich finde. Sie ist bekannt dafür, engagiert für die Frauenbewegung einzutreten. Bei den Schülern ist sie deshalb ein wenig gefürchtet, weil sie verbal unerschrocken jedes männliche Wesen freundlich, aber direkt angeht, das sich sprachlich oder durch sein Verhalten als „Chauvi" oder „Macho" enttarnt. Sie hat keine Scheu, sich deswegen auch mit einem Lehrer anzulegen. Wenn es darum geht, Diskriminierungen des weiblichen Geschlechts aufzudecken, kennt sie keine Angst. Ihre Mitschülerinnen bewundern sie dafür.

„Du, sag mal", ich schaue sie zurückhaltend von der Seite an, „wohnst du schon länger hier?"

„Ja, jedenfalls länger als Friedrich." Jetzt bemerkt sie offenbar meine Schürfwunde. „Du liebe Zeit, was hast du denn da angestellt?" Sie greift nach meinem rechten Arm, den ich bislang etwas versteckt gehalten habe. „Zeig mal her".

Ehe ich mich versehe, hat sie meine rechte Hand ergriffen. Jetzt weiß ich anschaulich, woher der Ausdruck „zupackende Art" kommt. Sie hält mein Handgelenk und beschaut sich die Wunde. „Das gehört gereinigt und verbunden", stellt sie fest. Von Oskar, der sie besser kennt, weiß ich, sie will Psychologie oder Medizin studieren. Die beiden sind über das Rote Kreuz in der Nachbarschaftshilfe engagiert und betreuen ein- oder zweimal pro Woche ältere Menschen, trinken mit ihnen Kaffee und unterbrechen so deren manchmal ereignisloses und oft einsames Leben. Das fällt mir ein, als sie da mit strengem Blick die Wunde betrachtet.

4

Der Wecker reißt mich aus leichtem Schlaf. Herrje, wann ist endlich Samstag? Ich tapse in Richtung Bad und unter die Dusche. Kreuz-Karl aber auch, dabei schlage ich mir die linke Groß-Zehe an. Das kalte Wasser auf meiner Haut weckt mich wenigstens auf. Meinen Arm mit dem Verband halte ich hoch, damit er nicht nass wird. Beate hat mir gestern Abend die Schürfwunde vorsichtig gereinigt und anschließend verbunden. Sie war darin sehr geschickt und zügig in ihrem Vorgehen und fragte mich zwischendurch, ob es mir wehtue. Dabei sah sie mir in die Augen. In ihren tiefbraunen Augen lag eine Mischung aus Wärme und vorsichtiger Abschätzung. Die Wunde zog und brannte ziemlich. Das aber konnte ich natürlich nicht zugeben. Ich verneinte also, zuckte jedoch leicht zusammen, als sie die Abschürfungen mit dem Jod abtupfte, das sie neben Waschlappen und Verbandsmaterial aus der Wohnung ihrer Eltern geholt hatte. Noch einmal schaute sie mir in die Augen, sagte aber nichts. Eine Haarsträhne, die ihr ins Gesicht gefallen war, strich sie langsam zurück.

Wir vier saßen danach noch lange zusammen. Eine angenehme Kühle stieg langsam vom Boden auf, im Hof breitete sich nach und nach Stille aus, während von oben die Dämmerung über die Dächer fiel. Friedrich holte zwei Kerzen aus seinem Schuppen, die er mit etwas Wachs auf leere, umgedrehte Konservenbüchsen drückte. Wir sprachen leise miteinander. Irgendwo im hinteren Teil des Hofes waren dann und wann gedämpfte Stimmfetzen zu hören, einen Moment glaubte ich, ein paar Akkorde von „Samba pa ti" von Santana aufzuschnappen. Offenbar saßen noch zwei, drei weitere Personen draußen, um abendliche Abkühlung und Sommer zu genießen. Und das mit guter Musik!

Es war Beate, die irgendwann feststellte, das Sofa sei ja ziemlich alt, möglicherweise noch aus der Zeit der Jahrhundertwende, also Jugendstil, und hätte doch sicher einiges erlebt, zwei Weltkriege, Wiederaufbau und so weiter, und jetzt stünde es hier, leicht ramponiert, aber gemütlich, und wir säßen einfach nur gedankenlos darauf herum. Dabei sah sie mir wieder in die Augen, sodass ich gleich ein schlechtes Gewissen bekam, weil ich so leichtfertig dahockte, ohne groß nachzudenken. Ja gut, Geschichte ist nicht so mein Fach, obwohl meine historischen Kenntnisse von der Französischen Revolution bis heute im Großen und Ganzen lückenlos sind. Umso mehr liebe ich Geschichten, das steht mal fest. Das Sofa aber als Anlass zu einer historischen Rückschau zu nehmen, darauf wäre ich eher nicht gekommen. Jedenfalls schlug Beate vor, sich gleich morgen, also heute, am frühen Abend zu treffen, um eine Sofa-Geschichte zu erzählen. Sie würde das organisieren. Da bin ich ja mal gespannt, was sie sich da ausgedacht hat.

Es war spät gewesen, als ich endlich nach Hause kam und noch schnell unter die Dusche stieg. Beates Blicke hatten mich ein wenig irritiert. Doch nach Seife und kaltem Wasser siegte die Müdigkeit und ich war schnell eingeschlafen. Aufgeweckt und mit diesen Erinnerungen eile ich aus dem Bad und in mein Zimmer, um mich anzuziehen und danach in die Küche zu springen und schnell noch Kaffee und einen Toast zu mir zu nehmen. Eine halbe Stunde später biege ich oben in die Straße mit dem Schülertreff ein. Oskar und Friedrich sind schon da. Auch Beate, die mit den beiden in ein offenbar heiteres Gespräch verwickelt ist.

„Ah, da kommt ja unser Patient. Der Dritte im Bunde der Sofa-Helden." Beate begrüßt mich freundlich, lächelt mich an. Die beiden anderen grinsen.

In diesem Moment kommt Konrad, der zu unserer Clique gehört, aber das altsprachliche Gymnasium besucht, mit seiner Honda-Dax um die Ecke gefahren. Ein voll eingebildeter Typ, Sohn reicher Eltern, und gemeinerweise ist er auch noch ziemlich gut in der Schule. Er kommt aber nicht allein, hinter ihm sitzt, ich ahne es, ich fühle es und ein Stich fährt mir dabei ins Herz: Unter dem Helm quellen Locken hervor, die mir schmerzlich bekannt vorkommen. Die Figur, die Kleidung vertiefen meine Vermutung. Nach Absteigen und Herunternehmen des Sturzhelmes bestätigt sie sich. Es ist Anna. Au Mist, sind die beiden ein Paar? Wenn, dann habe ich es nicht mitgekriegt. Konrad hält aber nicht länger an, sein Gymnasium liegt noch einen Kilometer weiter entfernt von hier. Sie winkt ihm, er winkt ihr, dann fährt er los, offenbar ist er knapp dran. Anna kommt über die Straße geschlendert, in der linken hält sie den Helm, über ihrer rechten Schulter baumelt ihre Tasche.

„He, Andrej, ist alles klar bei dir?" Oskar hat offenbar meine Verwirrung bemerkt und knufft mich in die

191

Seite. Auch Beate sieht mich mit einem leichten Stirnrunzeln an.

„Ja, ja, ich war nur etwas in Gedanken", gebe ich etwas unwirsch zurück. Anna gesellt sich zu einer Gruppe, die direkt neben uns steht.

„Hallo, Anna, seit wann bist du unter die Dax-Fahrer gegangen?" Ich hege den Verdacht, Oskar sagt diesen Satz nur, um für mich die Situation etwas aufzulockern. Aber das hieße ja, er müsste sich da etwas zusammengereimt haben, das der Wahrheit recht nahekommt. Ist das möglich, wo ich meine Gefühle zu Anna doch so gut zu verbergen geglaubt habe? Andererseits, auch Beate sieht mich etwas nachdenklich an, oder bilde ich mir das ein? Und zeigte vielleicht auch das Stirnrunzeln von eben, dass sie da etwas gesehen hat, durch das ich mich verraten habe? Ich bin befangen, weiß nicht so recht, wie ich mich verhalten soll. Das ist doppelt blöd, weil die beiden kleinen Gruppen jetzt zu einem Kreis verschmelzen.

Anna antwortet nicht, übergeht den Einwurf von Oskar. Fällt ihr keine Antwort ein oder ist das einfach unter ihrer Würde? Egal, das Thema wechselt schnell zurück auf das Sofa. Schließlich erwähnt Oskar Beates Idee, die Geschichte des Sofas in kleinen Episoden erzählerisch aufzuarbeiten. Mit Geschichten, die entweder frei erfunden oder aus Büchern der jeweiligen Zeit vorgegeben werden.

„Mann, was ist denn das für eine intellektuell verschraubte Idee! Darauf kann auch nur Beate kommen", schnaubt Bernhard neben mir. Er war mir noch nie besonders sympathisch und solche Äußerungen bestätigen mich in meiner Meinung. Ich kann es nicht ändern, er geht in meine Klasse und steht halt auch immer hier herum. Im Augenblick bin ich ihm trotzdem dankbar für diese wunderbare Ablenkung.

„Also wirklich, Bernhard, du hast ja offenbar nie Hemmungen, dich als Vollbanause darzustellen. Ich finde das eine klasse Idee und ich würde auch gerne kommen", wirft Mara, eine gute Freundin von Beate, als einzig senkrechte Antwort auf Bernhards Äußerung ein. Sie geht in dieselbe Klasse wie Beate.

„Dann komm' doch heute Abend um sieben einfach dazu, die erste Episode übernehme ich." Zeitgleich mit dieser Einladung von Beate ertönt das erste Mal der Schulgong, allerhöchste Zeit, sich in Schule und Klassenzimmer zu trollen.

„Gut, wunderbar, ich werde da sein". Über diese Zusage von Mara freut sich Friedrich, seine Augen strahlen, als habe er soeben ein weiteres hübsches Möbelstück entdeckt. Uff, das kann ja was werden. Ein total durchschwärmter Friedrich und eine Mara, die Theaterwissenschaften studieren will und schon jetzt mit ihrer aparten Schönheit und Extravaganz etliche Schüler betört und sich gerne in Szene setzt. Ich will aber auch nicht ungerecht sein, sie ist ansonsten ganz in Ordnung.

5

Endlich ist es Abend, die größte Hitze ist vorüber. Das hätte ich noch gestern Morgen nicht erwartet. Nein, nicht die Hitze, ich meine die Aussicht auf den Episodenabend, sie hat den ganzen Tag lahmgelegt. Sogar in Mathe schien mir die Zeit schier nicht vorübergehen zu wollen. Das nenne ich Unendlichkeit als eine sinnliche Vormittagserfahrung. Warum freue ich mich eigentlich so darauf? Wohl deswegen, weil ich Geschichten liebe, meine Freunde mag und eine Kombination aus beidem etwas Besonderes ist.

Als ich von der Sophienstraße aus durch den Torbogen einbiege, höre ich bereits das Gelächter der anderen. Im Hinterhof angekommen, sehe ich, dass bereits alle versammelt sind. Oskar, Beate und Mara haben sich auf dem Sofa eingerichtet, Friedrich sitzt wieder auf diesem speziellen Hocker, von dem er ein weiteres Exemplar bereitgestellt hat. In der Mitte entdecke ich eine umgedrehte Weinkiste aus Holz, darauf dicht gepfercht ein paar Gläser. Nach der allseitigen Begrüßung setze ich mich auf den zweiten Hocker. Das habe ich nicht erwartet, es sitzt sich deutlich angenehmer, als das Aussehen der etwas zerbrechlich wirkenden Holzkonstruktion vermuten lässt.

Kaum habe ich Platz genommen, ergreift Friedrich das Wort. Ein kleines Messingschild sei ihm aufgefallen, als er das Sofa umgedreht hat, um den Schaden des Sturzes am vorderen Fuß zu begutachten. Georg Felser & Soehne, Berlin 1906, stehe darauf. Offenbar sei das Sofa also tatsächlich, wie vermutet, Anfang des Jahrhunderts gebaut worden. Er nickt Beate zu. Ihre Stimme, die sonst diesen leichten Singsang hat, mit dem die Menschen hier alle sprachlichen Äußerungen untermalen, hebt an und bricht. Sie räuspert sich und nun kann es augenscheinlich losgehen, denn sie greift nach ein paar Blättern, die neben ihr liegen. Das Papier raschelt, Beate schaut in die Runde.

„Ich erzähle euch eine Geschichte, die ihren Anfang kurz nach Ausbruch des Ersten Weltkrieges nimmt. Sie beginnt aber nicht in Berlin, also an dem Ort, wo das Sofa hergestellt wurde, sondern ganz woanders."

August 1914

Das Wetter war durchwachsen, Sonne und Wolken lagen in stetem Wechsel. Der Sommer war bisher tadellos gewesen, warm und beständig mit ausreichend Regen. Ein leichter Wind drückte von Westen gegen Karl Theodor, als er um die Mittagszeit auf den sanften Hügel des Laurenziberges stieg. Als er fast oben war, drehte er sich um. Der Blick von hier ging über das Tal, in dessen Grund sich der Rhein schlängelte. Es war nahezu still. Nur zwei Mäusebussarde kreisten in der Nähe in der warmen Augustsonne, ihr katzenartiges Rufen war eines der wenigen Laute hier oben. Und manchmal, mit kleinen Böen, war der Wind zu hören, wie er gegen die Felder strich.

Von hier aus war es nicht mehr weit. Er sog die warme Luft ein, Wiesen und Reben verströmten den Geruch von innerer Ruhe. *Wie intensiv, wie dicht das Leben doch sein kann*, dachte er bei sich. *Nichts passiert um mich herum und doch ist die Welt so voller Ausblicke und Gerüche, so dicht gedrängt mit Ideen und Gedanken, man möchte manchmal am liebsten alles anhalten.* Er versuchte, sich möglichst viele der Eindrücke einzuprägen. *Wer weiß, ob und wann ich das jemals wiedersehe.* Vielleicht hatte er dabei diese Gedanken.

Er verharrte noch einige Augenblicke, ehe er weiterging. Oben, in dem kleinen Weiler auf dem Hügel, lag ein Winzerhof, zu dem einige der Weinfelder an den sanften Hängen des Laurenziberges gehörten. Das zur Straße gelegene Tor stand weit offen. Karl Theodor ging durch den staubigen Hof auf das Haus zu. Er stieg die zwei Stufen auf eine kleine mit kunstvollen Holzschnitzereien verzierte Veranda empor und zog an dem Seil mit der Messingglocke. Schnell waren von innen schwere Schritte zu hören. Die Tür schwang auf.

„Ah, Karl Theodor, bitte treten Sie doch ein." Der Vater von Margarethe begrüßte ihn und bat ihn, in der Stube Platz zu nehmen. Er würde gleich nach seiner Tochter rufen. Karl Theodor betrat das Wohnzimmer, in dessen rückwärtigem Teil ein ausladendes Sofa stand, auf das er sich setzte. Die Tür stand halb offen, vom Flur her drang das Ticken der großen Standuhr herein. Kurz darauf hörte er Schritte huschen. Margarethe steckte ihren Kopf in das Wohnzimmer, sah ihn auf dem Sofa und kam ganz durch die Tür herein. Er stand auf, mit raschen Schritten flogen sie aufeinander zu und gaben sich einen zarten Kuss.

„Margarethe, ich muss dir etwas Wichtiges sagen."

„Lass uns doch erstmal Platz nehmen. Möchtest du etwas zu trinken?"

Karl Theodor verneinte und so ließen sie sich beide auf dem Sofa nieder, saßen leicht zueinander gewinkelt, hielten sich an den Händen und sahen sich in die Augen. Margarethe hatte ihre braunen Haare in einem Ring um den Kopf geflochten, ihre schmalen Finger streichelten seinen Handrücken, ihr Gesicht war ihm erwartungsvoll zugewandt.

Er überlegte, wie er beginnen sollte. Am besten ohne lange Umschweife.

„Margarethe, du weißt, ich liebe dich und kein Mensch ist mir wichtiger, als du es bist." Er machte eine kleine Pause. „Deutschland ruft die jungen Männer zu den Waffen. Überall werden Soldaten gebraucht. Es geht um unser Vaterland und unsere Zukunft. Ich habe den Befehl zum Einsatz an der Front erhalten. Schon morgen geht es los. Von der Kaserne, also von Mainz aus. Mit einem Zug, noch ehe der Tag anbricht."

Margarethe fühlte, wie ihr Tränen in die Augen stiegen. Sie hatte gehört, dass ein Krieg ausgebrochen war, in den auch Deutschland verwickelt war. Sie dachte zurück an das Winzerfest vor zwei Jahren, bei dem sie Karl Theodor kennengelernt hatte. Der junge, schlanke Mann in Uniform, der in Begleitung einiger anderer Soldaten das Fest besucht hatte, hatte ihr auf Anhieb gefallen. Höflich und freundlich hatte er sie zum Tanz gebeten und sie dabei charmant angelächelt. Schon nach wenigen Takten der von der Kapelle gespielten Musik war klar gewesen, sie fanden mühelos in eine Harmonie der Schrittfolge und gemeinsamen Bewegung. Im Schutz eines sternumglänzten Abends, der bereits die herbstliche, schwere Süße des Vergänglichen atmete, hatten sie sich unbeschwert und sorglos kennengelernt. In der Folgezeit hatten sie sich immer wieder gesehen und allmählich war eine tiefe Zuneigung zwischen ihnen gewachsen. Ja, die Beziehung mit einem Leutnant, das bedeutete grundsätzlich die Möglichkeit, ihren Liebsten militärischen Gefahren ausgesetzt zu wissen. Aber es hatte seit Jahrzehnten in Deutschland keinen Krieg mehr gegeben. Front und Schüsse, Granaten und Kanonen, das war doch eine sehr abstrakte Sache gewesen. Bis jetzt.

„Mein lieber Theodor" – sie nannte ihn immer nur bei seinem zweiten Vornamen – „ich habe Angst um dich. Keine Nacht werde ich ruhig schlafen können, wenn ich dich im Krieg weiß." Eine Träne lief Margarethe über die Wange, ihre sanften hellbraunen Augen verloren ihren Blick im Irgendwo.

Noch im Morgengrauen ging es los. Karl Theodor bestieg mit seinem wenigen Gepäck den Zug und suchte sich einen Platz in einem der offenen Abteile. Die Luft in den Waggons war mit kaltem Schwitzen und stickigem Rauch erfüllt. Nach wenigen Minuten gab die Dampflok ein lautes, melodisches Pfeifen von sich, erst hell und hoch, dann, wie in ein Tal fallend, dunkel und dröhnend, um zum Schluss wieder in Höhe und Klarheit aufzusteigen. Ein Ruck ging durch den Waggon, in dem Karl Theodor saß, dann stand der Zug wieder den Bruchteil einer Sekunde still. Für diesen Augenblick schien es, die Lokomotive wolle lieber stehenbleiben, doch dann kam mit Mühe und einem zweiten Ruck Bewegung in den Zug. Mit einem Stampfen und Rollen zog die Lok die Waggons an und nahm allmählich Fahrt auf.

Wenig später verließen sie die städtische Umgebung und stapften nach einiger Zeit auf der linken Rheinseite durch das Gebirge. Die Stimmung im Zug war heiter, fast euphorisch, lauter Freiwillige auf dem Weg in den Krieg, beseelt von etwas, das sie selbst als Vaterlandsliebe bezeichneten, als einen Auftrag zur Auflösung eines Übels, das über die Welt gekommen war.

Sahen sie in dieser Gefühlslage die wilde Schönheit dieser Landschaft überhaupt, waren sie aufnahmefähig für das Spiel des frühen Morgenlichtes auf den Wellen des stolzen Stroms? Nahmen sie wahr, wie sich allmählich die Konturen der Felsen aus dem Dunkel schälten, die Loreley, die hoch über ihnen thronte, während der Zug mit beißenden Rauchschwaden an ihr vorüberzog? Ob auch nur einer von ihnen den Gedanken hatte, wie unermesslich groß doch der Gegensatz in genau diesem Moment war, die Millionen von Jahre alten Felsen, die seit Jahrhunderten aufragenden Burgen auf Inseln im Rhein und auf den Vorsprüngen des Gebirges, die Statue der Loreley und dazu der Zug mit den Soldaten, dessen Dampf und Lärm nach einigen Kurven weder zu sehen noch zu hören war? Allenfalls der Brandgeruch der Kohle lag noch ein paar Minuten im Tal, bevor auch er verflogen war.

Noch am frühen Abend erreichten sie einen Knotenpunkt westlich von Aachen, von wo aus es am nächsten Tag weiter in Richtung Belgien gehen sollte.

April 1916

Der Kriegsalltag war unbeschreiblich. Kaum Schlaf, wenig Essen und ein widerlicher Matsch und Dreck entlang der Frontlinie. Viele Soldaten hatten Läuse oder anderes Ungeziefer. Es war kaum zu glauben, aber in den zwei Jahren seit Ausbruch des Krieges hatte sich so etwas wie ein Alltag gebildet. Regelmäßige Arbeiten zur Unterhaltung eines Handwerks, das sich nur dem Töten und dem Tod in den eigenen Reihen widmete. Ein andauernder Wechsel von Angriffen und Verteidigung, wenn englische Artillerie und Maschinengewehre sie stundenlang unter Beschuss nahmen. Die, die länger lebten, fanden in einen Rhythmus, der eigentlich keiner war. Immerhin kannten sich Mannschaft und Offiziere beim Namen.

Karl Theodor war froh, in Fritz einen Kameraden gefunden zu haben, mit dem er dann und wann über die Erlebnisse in den Schlachten, die ihm immer öfter absurd erscheinenden Befehle der Heeresleitung in menschlicher, ja freundschaftlicher Weise sprechen konnte. Wie er selbst hatte Fritz eine Offiziersschule besucht, allerdings im Norden Deutschlands. Er schätzte dessen klaren, analytischen Verstand, und doch war Fritz von zartfühlendem Charakter. Manchmal, wenn sie an den Lagebesprechungen der Kommandeure teilnahmen und hinterher in der Offiziersmesse noch zusammensaßen, unterhielten sie sich über Literatur und Philosophie, die sie in der Schule gelesen und gelernt hatten, und stellten sich dabei die Frage, was sie mit diesem Wissen in ihrer Situation hier im Frontgeschehen anfangen konnten. Zwei Feingeister in einer Umgebung, die durch Hunger und Hoffnungslosigkeit und dem täglichen Verrat aller Menschlichkeit gezeichnet war.

Beide schrieben regelmäßig Briefe in die Heimat, an Frau und Verlobte, und freuten sich mit einem feinen Lächeln in ihren Augen über jede Antwort. Manchmal lasen sie sich gegenseitig einzelne Passagen vor, wenn sie etwas in den Briefen von zu Hause besonders bewegte oder sie sich nicht sicher waren, ob sie das Selbstgeschriebene in die Heimat schicken konnten. An einem Morgen ungefähr gegen Mitte April, überflog Karl Theodor noch einmal, was er am Abend zuvor geschrieben hatte:

Meine innig geliebte Margarethe,
ich bin Dir so dankbar für Deine Post, die mich heute Morgen mit dem Regimentsfahrer erreichte. Du weißt, über jeden Deiner Briefe freue ich mich von ganzem Herzen, sie lassen mich in meiner Fantasie an Deinem Alltag teilhaben und ich male mir aus, wie Du den Flur zu Hause entlanggehst, wie Du auf dem Kanapee im Wohnzimmer sitzt und meine Briefe liest und die große Standuhr im Flur mit ihrem Ticken Dein Lesen begleitet. Was gäbe ich, wenn ich Dich dabei sehen könnte. Oft, wenn das Trommelfeuer der Engländer über uns streicht

und ich im Graben zusammengekauert dasitze, den Blick auf die Wand aus Erde vor meinen Augen, denke ich an die Weinberge, den Duft der Wiesen und Felder, und wie Du vielleicht gerade darin spazieren gehst.
Besonders gerne habe ich die Stelle in Deinem letzten Brief gelesen, wo Du mir davon berichtest, wie sich Dein Vater von der Influenza erholt hat und nun auch wieder die Arbeit auf dem Hof aufnehmen kann. Jetzt, im April, wo doch allmählich die Natur erwacht und jeder des Winters überdrüssig ist, mag man nicht noch mit den Krankheiten der kalten Jahreszeit herumlaborieren. Ich hatte Dir ja schon berichtet, auch hier in meinem Regiment hat es einige der Kameraden übel mit Fieber erwischt, mussten ins Lazarett, was wir besonders dann merkten, wenn nach einem Angriff der Engländer unser Schützengraben repariert werden musste und uns deren helfende Hände fehlten.
Gestern in der Frühe des Morgens, sorge Dich bitte nicht, aber ich muss über dieses Erlebnis schreiben und Dir damit zeigen, wie sicher ich hier bin, schlug eine mittlere Granate ganz hier in der Nähe meines Abschnitts ein, Steine und Erde prasselten auf mich hernieder, meine Ohren sirrten und ein paar Erdkrümel waren mir trotz des Helms in den Nacken zwischen Haut und Uniform geraten, und doch hatte unsere Befestigung nur geringe Schäden davongetragen. Am späten Abend, als das Artilleriefeuer für ein paar Stunden verstummte, konnten wir unseren Abschnitt im Schutz der Dunkelheit wieder reparieren. Danach gab es auch wieder etwas zu essen und einen halben Becher Wasser für jeden von uns. Du ahnst nicht, wie groß mein Appetit war, denn außer dem Frühstück hatten wir an diesem Tag nichts gegessen. Die Rationen sind immer knapp und unregelmäßig, die Versorgungswege sind häufig unter Beschuss.

Liebste Margarethe, wenn es mir zu arg wird, hole ich das silberne Etui aus meiner linken Brusttasche, öffne es und betrachte Deine Fotografie. Du kannst Dir gar nicht vorstellen, wie mich das tröstet und entschädigt. Mit Deinem Bild an meinem Herzen könnte ich sogar durch die Hölle waten, mit Dir vor meinem inneren Auge könnte nichts mir etwas anhaben, nicht einmal der Tod.
Meine Herzliebste, gute Margarethe, grüße mir Deine Eltern und richte vor allem Deinem Papa weiterhin beste Genesungswünsche von mir aus, mit einem langen Kuss, Dein Dich aufrichtig liebender
Karl Theodor

Er war zufrieden. Es war immer eine Gratwanderung zwischen zu viel Wahrheit und Verschweigen, das verdächtig sein könnte. Das Kuvert war vorbereitet, Karl Theodor faltete den Brief wieder zusammen, steckte ihn in die Hülle und gab ihn in der Kommandantur ab, von wo die Feldpost abgeholt wurde.

Sonnenaufgang, Tageslicht, Nacht. Der Tag, an dem Fritz starb, war kein besonderer. Gestorben wurde hier sowieso an jedem Tag und das vielfach. Manchmal genügte es schon, sich einfach nur zur falschen Zeit aus der Deckung zu wagen, sich aufzurichten, einen Zug von der Zigarette zu nehmen und beim Ausatmen den Kopf nach oben zu strecken.

Karl Theodor und Fritz waren eben aus der Offiziersmesse gekommen und unterwegs zur ihrer Kompanie, als eine Granate in ihrer unmittelbaren Nähe einschlug. Er bemerkte aus dem Augenwinkel, wie Fritz, der rechts neben ihm ging, zu Boden sank. Ein Granatsplitter hatte ihn offenbar getroffen und bestürzt rief Karl Theodor seinen Namen. Fritz lag bereits zu Boden gerissen auf dem Rücken. Ein dunkler Fleck breitete sich unterhalb seines Herzens aus und tränkte die Uniform rot. Karl Theodor riss seine Jacke von sich und drückte sie Fritz auf den Brustkorb, in der Hoffnung, damit der Blutung Einhalt zu gebieten.

„Eva, sag Eva …" Nur diese drei Worte konnte Fritz, kaum noch hörbar, in sein Ohr hauchen, bevor sein Blick brach und leer wurde. Karl Theodor konnte die Tränen nicht zurückhalten, er versuchte es, der Schmerz war stärker, sie rannen ihm über das Gesicht und tropften auf Fritz' Körper, vermengten sich mit dem Blut. Das ganze erbärmliche Elend der vergangenen zwei Jahre übermannte ihn in dieser Sekunde, die Welt verlor sich im Verlust seines Kameraden und Freundes.

Erst zwei Wochen später konnte er sich aufraffen, an Eva, Fritz' junge Frau, zu schreiben. Er schilderte ihr, wie sehr er Fritz gemocht hatte und wie aufrichtig er sie, Eva, bedauerte und mit ihr fühlte und, so schrieb er, er wisse nicht, ob sie das trösten würde, aber Fritz habe nicht leiden müssen, sondern sei rasch gestorben. Er fühlte sich blutleer nach diesen wenigen Zeilen.

Oktober 1916

Nach zwei langen Jahren durfte Karl Theodor für ein paar Tage nach Hause, nach Deutschland. Er hatte überlegt, ob er zuerst zu seinen Eltern nach Berlin fahren solle, sich dann aber doch entschieden, erst Margarethe zu besuchen. An einem Tag Mitte Oktober ging er den Weg durch die Weinberge auf den Laurenziberg. Das Wetter war kühl und regnerisch. Er hoffte, sie möge zu Hause sein, denn erst vor zwei Wochen hatte er erfahren, dass er für zehn Tage beurlaubt werden würde. Er hatte ihr gleich geschrieben, wann er komme. Doch ob sein Brief sie rechtzeitig erreicht hatte?

Endlich kam er auf dem Winzerhof an, querte wie vor Jahren den Hof, auf dem sich unzählige Pfützen gebildet hatten. Nichts schien sich verändert zu haben. Dennoch fühlte er sich ein wenig fremd. Die Bilder der vergangenen zwei Frontjahre ließen ihn nicht los, überschatteten häufig auch seine Gegenwart. In etlichen Nächten sah er seinen Kameraden Fritz, wie er ihm ein letztes Mal in die Augen blickte.

Er hatte kaum die Veranda erstiegen, da wurde die Tür aufgerissen und Margarethe eilte ihm entgegen.

„Theodor!" Nur dieses eine Wort brachte sie hervor.

Sie lagen sich stumm in den Armen. Endlich ein Hauch von Vertrautem, fast unmerklich sog er den Geruch ihrer Haare ein, die ihr in Locken über die Schultern fielen. Sie trug dasselbe wie bei ihrem Abschied vor zwei Jahren, ein hochgeschlossenes, cremefarbenes Kleid aus hellem Samt, das er sehr an ihr mochte.

„Komm herein, wir haben einen Kaffee vorbereitet und einen Apfelkuchen gebacken, den magst du doch so gerne."

Später, als sie auf dem Sofa saßen, ein wenig wortarm, betrachtete sie ihn immer wieder von der Seite. Er hielt sich immer noch sehr gerade und aufrecht, aber die kleine Falte über der Nasenwurzel war neu. Ebenso wie die ganz feinen Linien, die seine Stirn zeichneten. In seinen Augen, obschon sie immer noch diesen warmen, braunen Glanz hatten, stand ein Ausdruck, den sie nicht zu deuten wusste.

Was ist schon eine Handvoll freier Tage, wenn es mehrere konkurrierende Vorhaben gibt? Eine Fahrt nach Berlin zu seinen Eltern, das war in den wenigen Tagen nicht auch noch möglich. Die Zugfahrt wäre anstrengend gewesen, mit Strapazen behaftet, die er sich nicht zumuten wollte. Karl Theodor fühlte eine tiefe, körperliche und seelische Erschöpfung in Glieder und Herz eingenistet. Er mietete kurzentschlossen das Zimmer in dem kleinen Hotel in Gau-Algesheim für ein paar weitere Tage und schrieb seiner Mutter einen langen Brief, in dem er ihr darlegte, warum er nicht kommen könne. So hatte er etwas mehr Zeit für Margarethe und zur Erholung für sich selbst.

Nach dem Frühstück, in den noch unbeschwerten Morgenstunden, ging er das kurze Stück Weg hinunter zum Rhein, blickte auf das Wasser und die Wellen, die manchmal lautlos und manchmal mit einem leisen Schmatzen an ihm vorüberglitten. Eine stille Freude breitete sich da in ihm aus. Wie ruhig und friedlich konnten die Minuten sein, die er an der Uferböschung verbrachte. War seine Entscheidung für den militärischen Dienst an der Front vor zwei Jahren, bei Ausbruch des Krieges, richtig gewesen? Immer häufiger krochen Zweifel in ihm hoch und er stellte sich vor, wie schön es doch wäre, einfach hierbleiben zu können. Am Ufer des Rheins, in der Nähe von Margarethe. Karl Theodor jedoch war klassisch und großbürgerlich erzogen worden, mit ausgeprägtem Gespür für Disziplin, Pflicht und Gehorsam. Rechtzeitig zum Ablauf des Urlaubs kehrte er zurück, meldete sich beim Offiziersstab und kam rasch wieder an die Front.

Oktober 1918

Zwei weitere Jahre waren ins Land gestrichen, hatten Krankheiten, Elend und Tod gebracht, letzte Hoffnungen zerstört und unsagbar vielen Soldaten entweder das Leben gekostet oder sie zu Invaliden gemacht. Diese Zeit war die Hölle auf Erden gewesen.

Karl Theodor hatte die vier Jahre bis auf einen Streifschuss an der Stirn ohne größere Verwundung überstanden. Doch physisch und seelisch war er am Ende. So viel Blut, so viele Tote, oft stundenlange Schmerzensschreie, bis der Tod Erlösung brachte. Wer trug dafür die Verantwortung? Und wozu war das alles nutze? Er war die ganze Zeit an der Westfront eingesetzt gewesen, seit Jahren schon war die Bewegung erstarrt, der Frontverlauf nahezu statisch. Die großen Offensiven hatten tausendfachen Tod gebracht, in den vier Kriegsjahren waren durch menschenverachtende Kriegsführung über sieben Millionen Soldaten gefallen, zu Tausenden wurden sie in den Kugelhagel der Maschinengewehre gejagt.

Karl Theodor blickte auf die Reste eines Waldes. Stundenlanges Artilleriefeuer seit dem frühen Morgengrauen hatte von den Bäumen nur noch hüfthohe Stümpfe stehen lassen. Der Boden war schwarz, die Pfützen, die sich in den Senken gebildet hatten, waren mit bleifarbenem Wasser gefüllt. Da fielen ihm plötzlich wieder die zwei Bussarde ein, die er vor Jahren auf dem Laurenziberg über sich hatte kreisen sehen. Ihr spielerisches Gleiten im warmen Aufwind, ihr heiseres Schreien, die ausgebreiteten Schwingen, sie waren wie eine Idee, vollführt in weiten Kreisen. Wenn er doch das noch einmal hören und sehen könnte! Er lebte, das war mehr als genug.

6

Beate sieht uns nacheinander an. „Und für uns ist es für heute auch genug. Ich habe jetzt sowieso viel weiter erzählt, als ich das ursprünglich wollte."

Unsere Blicke begegnen sich. Bilde ich mir ein, in ihren Augen ein Schimmern zu sehen? Beate greift nach einem der Gläser auf der Weinkiste. Sie trinkt einen Schluck und schaut etwas gedankenverloren vor sich hin, als halle das eben Gelesene in ihr nach.

Die nächsten Minuten sagt keiner was. Jeder schaut verstohlen irgendwohin, vor sich auf den Boden, in das Grün des Innenhofs. Friedrich betrachtet eingehend sein Glas, das er in den Händen hält. Oben auf einem der Dächer hat eine Amsel mit einem Abendlied begonnen, ihr Gesang ist zeitlos, raumlos, schön, er schwebt über allem. Beates und mein Blick kreuzen sich. Ich lächele ihr zaghaft zu, sie lächelt ebenso zaghaft zurück.

„Deine Erzählung ist der Hammer. Sie hat mich gefangengenommen. Wir sitzen hier, es ist friedlich und ruhig. Und da kommst du mit dieser Geschichte daher, die leise und zart beginnt und im Albtraum endet." Ich sage das und kann doch nicht ausdrücken, was an Gefühlen in mir herumgeistert.

„Wir haben doch kürzlich in Kunst den Blauen Reiter besprochen. Erinnert ihr euch?" Friedrich sieht Oskar und mich an. „Der Macke und der Marc haben sich freiwillig zum Kriegsdienst gemeldet. Sie hatten die Idee, Europa müsse durch einen Krieg von alten Übeln gereinigt werden. Beides waren Maler mit Werken, die mir total gut gefallen, und die haben dann zu den Waffen gegriffen. Angeblich hatte der Marc an der Front sogar ein Lazarett-Zelt bemalt. Das ist doch krank, ich finde das unheimlich, und ihre Begeisterung für den Krieg kann ich nicht verstehen ... Hatten die den völligen Knall?"

„Mir geht es ähnlich wie euch beiden", beginnt Mara, „dennoch finde ich die Geschichte richtig gut. Wo hast du sie her, stammt sie aus einem Buch oder ist sie frei erfunden?"

„Das ist mein kleines Geheimnis", erwidert Beate. Mit ihrer Episode hat sie Neugier auf den weiteren Fortgang geweckt. Gut, wir wissen jetzt, Karl Theodor scheint den Ersten Weltkrieg überlebt zu haben. Mehr ist Beate an diesem Abend nicht zu entlocken. Es ist wiederum Mara, die vorschlägt, sie, also Beate, könne doch auch die nächste Geschichte übernehmen. Vielleicht erfahren wir ja dann, wie es weitergegangen ist?

7

Das Wetter ist unverändert, ein Sommerhoch, das einfach nicht weichen will, allenfalls dem nächsten. Zusätzlich zu der Leichtigkeit des Sommers hat sich auch in der Schule eine heitere Atmosphäre eingestellt.

Sogar der sonst humorfreie Geschichtslehrer, über dessen geflochtene Sandalen und darin getragene graue und ausgebollerte Strümpfe wir uns oft amüsieren, hat einen fast entspannten Gesichtsausdruck. Der Turnmüller, wie wir unseren älteren Sportlehrer in einer Mischung aus Zuneigung und leisem Spott nennen, lässt uns nur noch Brenn- und Völkerball spielen. Schule könnte so leicht sein, wenn man ihr die Verbissenheit nimmt.

Zwei Tage sind vergangen, seit Beate uns allen vorgelesen hat. Heute ist Samstag, nächste Woche schreiben wir die letzten zwei Klausuren. Erst Mathe, dann Deutsch.

Für heute Abend hat uns Beate die zweite Episode angekündigt.

Vorher, am Nachmittag, sind wir alle im Schwimmbad verabredet. Ich gehe nicht besonders gerne in öffentliche Bäder, mir widerstrebt die geteilte Intimität, im selben Wasser zu sein wie andere, deren Status an Körperpflege ich nicht kenne. Schon den nassen, muffigen Geruch in den Umkleidekabinen finde ich unappetitlich. Wenn es geht, meide ich sie. Eine Steigerung all dessen sind Hallenbäder. Wer weiß, woher ich diese Abneigung habe.

In das Freibad kann ich leicht zu Fuß gehen, es liegt nur wenige Minuten entfernt. Ich mache mich rechtzeitig auf den Weg. Auf dem Parkplatz vor dem Freibad entdecke ich Oskars Roller. Und leider auch die Honda Dax von Konrad, was ich einerseits blöd finde, andererseits stelle ich gerade fest, es macht mir gar nicht so viel aus. Nein, damit meine ich natürlich weder die Dax noch den Konrad, ich habe nur einen Schritt weitergedacht und mir überlegt, ob dann auch Anna da wäre.

Ich habe es richtig geahnt. Als ich mich dem Hang oberhalb des großen Beckens nähere, liegen unter der alten großen Eiche genau diese beiden. Sie liegen nicht Arm in Arm, aber für meine Begriffe doch relativ nahe zusammen. Wir begrüßen uns mit einem „Hallo" und Konrad verrät mir etwas blasiert, Oskar und die anderen wären schon mal im Wasser. Sehr geistreich, ich habe nicht angenommen, dass sie unter ihren ausgebreiteten Handtüchern liegen. Anna blinzelt mich an. Ihr Gesichtsausdruck ist unergründlich.

„Okay, dann werde ich auch gleich mal zum Becken gehen." Ich ziehe Jeans und T-Shirt aus, die Badehose habe ich bereits an, Tasche und Handtuch platziere ich neben denen der anderen und stakse davon.

Ich sage es lieber gleich, ich schwimme wie eine bleierne Ente auf dem Grund. Wasser ist nicht mein Element und bei den völlig sinnlosen Wettkämpfen im Sportunterricht bin ich zuverlässig der Letzte. Langsamer schwimmen als ich geht nicht, das hieße untergehen.

Bevor jetzt hier aber ein gänzlich unsportlicher Eindruck von mir entsteht, ich habe sogar den Fahrtenschwimmer in der Ostsee gepackt, bin vom Landungssteg in das schwarze Nichts unter mir gesprungen, was mich echt Überwindung gekostet und viel gutes Zureden erfordert hatte. Ich bin nun mal kein Held im Wasser, komme aber jeden Baum hoch und im Sprinten liege ich meist vorn.

„Hey Andrej, schön dich zu sehen." Meine Freunde begrüßen mich aus dem Wasser heraus und unwillkürlich muss ich lachen, als ich auf Oskar blicke. Er trägt eine alberne, rosafarbene Badekappe mit Rüschen und seine langen, blonden Haare schauen darunter hervor. Der Sinn der Verordnung erschließt sich mir nicht, aber seit dieser Saison muss jeder mit längeren Haaren eine Badekappe tragen.

„Mann, wo hast du denn dieses schmucke Stück her?"

„Jetzt mal kein Neid, nicht jeder hat so eine Oma wie ich."

Ich schwimme zwei, drei Bahnen, dann habe ich genug und setze mich auf eine der Bänke nahe der Längsseite. Kurz darauf schwimmt auch Beate heran, stützt sich auf den Beckenrand und stemmt sich aus dem Wasser.

Sie trägt einen weißen Bikini, der ihre feminine Erscheinung dezent unterstreicht. Sie streift sich ihre Badekappe ab, wringt sich ihre Haare aus, die ab Höhe der Ohren nass sind und setzt sich rechts neben mich hin. Im Profil betrachtet hat ihre schmale Nase einen eleganten, leicht gebogenen Schwung, ihre Augenbrauen sind fein gezeichnet. Sie ist auf ihre Weise apart und attraktiv, ohne dabei die gängigen Vorstellungen von Schönheit zu erfüllen.

„Lass mich mal deine Wunde anschauen." Sie nimmt meinen Unterarm mit der einen Hand, mit der anderen befühlt sie vorsichtig die Wunde, auf der sich eine dünne Kruste gebildet und die auch die paar Minuten im Wasser problemlos überstanden hat.

„Ist es noch arg schmerzhaft?"

Die leichte Bräune ihres Gesichtes lässt ihre Zähne noch heller scheinen, als sie mich mit einem Grinsen anschaut. Ist das jetzt Spott oder eine Art Fürsorge?

„Es zieht etwas, aber es lässt sich aushalten."

Ein paar Wassertropfen lösen sich aus ihren herabhängenden Haaren, laufen über ihre linke Hand und landen schließlich auf meinem Unterarm. Ich weiß, es ist verrückt, jedoch fährt mir der Gedanke durch den Kopf, dass wir eine kleine Menge an Wassertropfen teilen, die erst an ihr und dann an mir der Schwerkraft gefolgt sind und nun zu Boden stürzen. Eine winzige Gemeinsamkeit von ihr und mir, ein fast unendlich kleiner Bruchteil des riesigen Beckens erst auf ihrer, dann auf meiner Haut und das für nur so kurze Zeit, dann ist es vorüber und mein Gedanke währt doch so viel länger und lässt mich eine noch nie erlebte Art der Verbindung zu einem anderen Menschen spüren.

„Hast du für die Ferien etwas geplant?"

„Ja, ich mache für vier Wochen ein Praktikum im Krankenhaus. Die letzten zwei Wochen bin ich mit meinen Eltern in Frankreich. Und du?"

„Ich arbeite in der Zeit beim Förster."

„Und was machst du da?"

„Das wollte ich dich auch gerade fragen. Was mich angeht: Vielleicht muss ich wieder Schonungen pflegen oder bei halbwüchsigen Fichten fast bis in die Spitze klettern und sie von oben nach unten entasten, das jedenfalls habe ich letztes Jahr gemacht."

„Und ich helfe auf einer der Stationen. Ich will Medizin studieren, aber meine Noten könnten besser sein. Vielleicht gibt das ja einen Bonus." Sie macht eine Pause und sieht mich mit ihren dunklen Augen neugierig an. „Ist das eigentlich körperlich schwere Arbeit, da im Wald?"

„Ja, schon, jedenfalls bin ich abends immer ziemlich kaputt. Andererseits, ich bin gerne in der Natur. Der Duft der Bäume und von dem gesägten Holz, ich könnte davon süchtig werden."

„Abends erschöpft, das werde ich bestimmt auch sein, die vielen Eindrücke im Krankenhaus strengen an. Aber die Gerüche dort sind entweder chemisch oder zum Lüften."

Ich muss grinsen. Beate senkt etwas den Kopf und schaut auf den Boden. Ich betrachte sie für wenige Sekunden, dann bemerke ich einen größeren Schatten vor uns. Der Schatten gehört zu Bernhard. Der hat mir ja gerade noch gefehlt.

Wo kommt der plötzlich her, war der eben auch schon im Wasser und ich habe ihn einfach übersehen? Er baut sich vor uns auf, das Wasser rinnt von seinem massigen Körper.

„Darf man das vertraute Gespräch stören oder gibt es gerade wichtige tiefgründige Erörterungen? Wird schon die nächste Sofa-Geschichte dramaturgisch ausdiskutiert?"

„Bernhard, du bist ein Idiot!" Beate steht abrupt auf. „Ich gehe zurück zum Liegeplatz."

Aus der Geschichte „Im Hinterhof", die als kurze Erzählung gedacht war, hat sich der Beginn einer viel längeren entwickelt. Dies ist nur der Anfang der Geschichte.

Über die Autoren

Ingrid Hopp

Jahrgang 1951, geboren in Augsburg, Abitur und Lehramtsstudium in Augsburg, danach sechs Jahre im Schuldienst tätig. Von 1975 bis 1985 in Unterfranken bzw. Oberfranken an den Ufern des Mains lebend, dann Rückkehr nach Augsburg. Verheiratet seit 1980, zwei Töchter, zwei Enkel.

Meine Erzählung „Nur eine Nacht" ist eine fiktive Geschichte, in die aber viel Autobiografisches eingeflossen ist. Eine Geschichte „aus dem Fluss der Zeit geangelt", die vielleicht zeigt, dass Zeit auf völlig verschiedenen Ebenen erlebt wird. Rätselhaft – unergründlich – aber immer ein neuer Morgen, der viele Möglichkeiten in sich trägt …

Gisela Janocha-Huber

Geboren wurde ich an einem Novemberabend, zu Beginn der Tagesschau. Damals, als es noch kalte Winter gab. Und es geschah nah am Main, fast zwischen den Weinbergen. Daher rühren wohl meine Liebe zum Frankenwein und zur Natur. Denn dort verbrachte ich stets meine Ferien, auf dem Land, bei meinen Großeltern. Daheim, in Augsburg, sollte ich neben der Schule auch noch

Klavierspielen lernen. Ich konnte es nicht. Woran mein Papa als leidenschaftlicher Musiker und Geiger zu knabbern hatte. Um nicht gleich alle Musen zu kränken, schreibe ich. Leitmotive meiner Geschichten sind Wünsche und beerdigte Hoffnungen, Menschen mit Mut zum Wandel, so auch in der Erzählung „Flüchtig."

Silvia Falk

Geboren im April 1951 in Augsburg und immer noch dort lebend. Unterbrechungen davon gab es nur in Form von selbst geplanten Reisen während der Urlaube. Einfach und unkonventionell mussten sie sein, ganz weit weg vom beruflichen Alltag. So freute, belebte und entspannte mich das Unterwegssein. Notizen darüber machte ich nie, auch ein Fotoapparat war nicht immer mit dabei. So konnte ich meine jeweilige Umgebung direkt mit allen Sinnen in mich aufnehmen. Diese Art des unmittelbaren, konzentrierten Einlassens hatte zur Folge, dass die Erinnerungen daran – selbst nach Jahrzehnten – noch sehr lebendig sind. Man könnte sagen: „Reisen mit Nachhaltigkeitseffekt". Aus dem Erlebten verschiedener Reisen unterhalb und auch oberhalb des südlichen Wendekreises, garniert mit einer Prise Fiktion, entstand meine Episodengeschichte „Wendekreise und Windrose".

Kerstin Herzog

Die Idee zu meiner Geschichte ist spontan während des Kurses entstanden. Ich wollte, wie alle anderen Schreibenden dieser Anthologie auch, eine spannende und unterhaltsame Erzählung in 40.000 Zeichen unterbringen.

So war es für mich ein ungeheures Vergnügen, die „Chronik einer Auslöschung" in ihrer Entstehung von der ersten Zeile bis hin zum fertigen Buch zu verfolgen, mich mit den anderen Autoren auszutauschen und am Ende, nach einem Jahr, diese interessanten Geschichten zu lesen.

Ich arbeite seit vielen Jahren als Bibliothekarin an der Universität Augsburg. Nebenbei war ich lange Zeit als freie Texterin für Werbeagenturen tätig.

Im Moment lebe ich mit dem Jazzmusiker Harry Alt und der gemeinsamen kleinen Tochter in Augsburg. Die Familie hat kein Haustier.

Rike Hauser

Geboren bin ich noch in der Nachkriegszeit. Manchmal denke ich darüber nach, ob mein Vater ein Nazi war? Oder ob er einfach ein Soldat war, der Angst hatte – und an diesem Krieg sowie auch an seiner Kindheit im Ersten Weltkrieg kaputt gegangen ist?

Wer war meine Mutter? Es gibt Bilder ihrer Kindheit. Glücklich sah sie nicht aus.

In diese Konstellation bin ich als letztes Kind hineingeboren. Meine Geschichte „Aus lauter Liebe" ist autobiografisch. Es gab eine Zeit, in welcher Ruth sich selbst gesucht hat. Dann aber suchte sie nicht mehr. Sie dachte, dass sie es geschafft hatte. Sie glaubte, dass sie ihr Leben nun im Griff habe. Sie fand, dass sie nun lebte wie viele andere Menschen. Es war ihr klar, dass sie etwas mehr

Schwierigkeiten hatte als viele andere. Aber sie kam zurecht. Solange, bis ein abrupter Umbruch ihres Lebens zusammen mit anderen schwerwiegenden Ereignissen diese Ordnung durcheinanderbrachte und die kleine innere Ruth sich meldete. „Aus lauter Liebe" ist die Geschichte meiner Beziehung zu mir selbst.

Pia Weißenborn

Kaum, dass ich im April 1957 in Zwickau die Augen erstmalig öffnete, hatte mein Vater ein Gedicht über mich ersonnen. Mein Schicksal war somit besiegelt, ich wurde in eine schreibbesessene und Bücher anhäufende Großfamilie hineingeboren. Bücher sind bis heute meine treuen Begleiter und Freunde.

Beruflich wandte ich mich der Medizin zu, denn bei einem geisteswissenschaftlichen Studium kamen in der damaligen DDR Querdenker schnell an festgesetzte Grenzen. Heute lebe ich in den Westlichen Wäldern bei Augsburg.

Können Texte, können Bücher Wegweiser in einer Lebenskrise sein? Kann uns ein russischer Romancier, der vor über hundert Jahren lebte, heute noch etwas sagen? Karamasow lief mir zufällig über den Weg. Oder doch nicht?

Ich schrieb meine Geschichte „Troika mit Karamasow", um diesen Fragen nachzugehen, und zugleich, um für meine drei ebenfalls schreibbegeisterten Söhne zwei Krisensituationen in meinem Lebens dazustellen. Realität verflicht sich mit Fiktion, die Glöckchen der Troika läuten zum Aufbruch. „Das Paradies liegt in einem jeden von uns verborgen." (Dostojewski), ich bin schreibend auf der Suche danach.

Andreas Kölker

Geboren wurde ich südlich von Frankfurt am Main. In einer warmen Nacht am 8. August im Jahr 1956. Durch den frühen Tod meines Vaters und wegen anderer Einflüsse habe ich schon in ganz Deutschland gelebt, etliche Schulen besucht und später studiert.

Meine erste große Liebe ist jüdischer Abstammung und noch heute meine beste Freundin. Die halbe Familie ihres Vaters wurde in Auschwitz ermordet. Ihrem Vater verdanke ich meinen Beruf. In meiner eigenen Familie gab es Offiziere der Wehrmacht und leider auch einen Parteifunktionär der NSDAP, der aktiv am Unrecht gegenüber den Juden mitgewirkt hat.

Vielleicht habe ich wegen meiner Kindheit, meiner ersten Liebe und meines Berufs ein besonderes Gespür dafür, wie relativ, ja fast bedeutungslos, alles Materielle und die geographische und religiöse Herkunft sein können. Diese Erfahrung prägt meine Lebenssicht. Und vielleicht hat sie mich dazu bewegt, die Geschichte „Im Hinterhof" zu schreiben, die der Anfang einer viel längeren Erzählung ist. Es gibt im Leben nur Weniges, das zählt. Menschlichkeit, Freundschaft und Liebe gehören auf jeden Fall dazu.

Nachwort

von Katharina Maier

Trümmer und Träume. Allein klanglich hat dieses Konglomerat von Worten eine Wirkung. Und in unserer Vorstellung? Trümmer sind etwas Negatives, haben mit Untergang und Niedergang zu tun, aber sie sind auch handfest und greifbar. Trümmer sind real, Steine und Bruchstücke, die man in die Hand nehmen kann. Träume dagegen kann man nicht anfassen. Dafür löst das Wort erst einmal etwas Angenehmes aus. Vielleicht denken wir gleich an Martin Luther Kings berühmtes „I have a dream", an Lebensträume oder einfach nur an Tagträume. Doch so positiv die Dinge sein mögen, die wir beim ersten Hören mit diesem Wort verbinden, kommt einem schnell auch weniger Schönes in den Sinn: Illusionen, Unerfülltes, Realitätsferne, Wolkenkuckucksheim. Träume brauchen Glauben und harte Arbeit, damit sie Realität werden – und vielleicht werden sie es nicht einmal dann. Nur: Selbst wenn er unerfüllt bleibt, wohnt dem Traum doch immer eine Hoffnung inne – die Möglichkeit, dass er eines Tages wahr werden könnte. Ganz genau wie die Trümmer, die vor mir liegen, Erinnerung in sich tragen: Erinnerungen an das, was gewesen ist, an die Strukturen, die nun zerstört sind. Wehmut löst das aus, aber das ist kein unproduktives Gefühl. Es ist der Trauer verwandt, aber es kann auch zum Neubeginn oder zum Wiederaufbau aufrufen. Und in diesem Raum zwischen Erinnerung und Hoffnung treffen Trümmer und Träume aufeinander. Von diesem „Mittelgrund" handeln die meisten der Geschichten, die in diesem Buch gesammelt sind.

Als sich im Herbst 2015 eine Handvoll Leute in den Räumen der Volkshochschule Augsburg zusammenfanden, wussten sie wohl noch nicht genau, wohin sie diese Reise führen würde. Das galt selbst für mich, die Dozentin dieses Kurses. In Zusammenarbeit mit Iris Hafner, der Fachbereichsleiterin für Gesellschaft, Kultur und Reisen an der vhs Augsburg, hatte ich einen Kurs zum „Kreativen Schreiben" entworfen, an dessen Ende die Teilnehmer etwas in der Hand haben sollten. Das Motto „Trümmer und Träume" war inspiriert von „Siebzig Jahre Nachkriegszeit", aber sehr schnell kam der Entschluss, das Thema offenzulassen und den Teilnehmern völlige Freiheit bei der Interpretation zu lassen.

Herausgekommen sind sieben Geschichten, die, so möchte ich etwas flapsig sagen, ans Eingemachte gehen. Nicht wenige davon tragen autobiografische Züge und auch diejenigen, die das nicht tun, tauchen ein in die Abgründe der menschlichen Psyche. Jede dieser Geschichten, so bin ich überzeugt, ist zutiefst persönlich. Ich habe ihre Entstehung im Zuge von zwei Semestern begleiten dürfen, als Dozentin, aber auch als Lektorin. Es war eine berührende Erfahrung und eine arbeitssame Zeit, und das Ergebnis begeistert und inspiriert mich. Aus meiner Zeit als Dozentin für Kreatives Schreiben weiß ich, dass im scheinbar nüchternen Rahmen eines Volkshochschulkurses Geschichten von großer Vorstellungskraft, Sprachakrobatik und Erzählkunst entstehen können. Trotzdem haben die sieben Geschichten, die Sie in

„Von Trümmern und Träumen" finden, alle meine Erwartungen übertroffen. Die Autoren dürfen stolz sein auf dieses Buch, und ich bin es auch.

Danken möchte ich Ingrid Hopp, Gisela Janocha-Huber, Silvia Falk, Kerstin Herzog, Rike Hauser, Pia Weißenborn und Andreas Kölker, dass sie mich an der Entstehung ihrer Erzählungen teilhaben ließen – denn Schreiben ist ja ein zutiefst persönlicher Prozess. An Kerstin Herzog, die die Herausgeberschaft dieses Buches übernommen hat, geht ein extra Dank, ebenso an die vhs Augsburg und Iris Hafner sowie an Lisa Schwenk für die wunderbare Gestaltung des Covers und die tatkräftige, seelenstärkende Unterstützung von Anfang bis Ende.

Für mich war dieses Buch eine Entdeckungsreise. Ich wünsche Ihnen, liebe Lesern, dass es Ihnen genauso geht.

Katharina Maier
Dozentin und Lektorin